U0005460

日安，寶貝

亞瑟潘 ——— 文／圖

《日安，寶貝》推薦序

憂傷的寵物素描簿

文／何致和

前陣子網路曾瘋傳一支影片，有個狗主人好奇自己不在家時，家中的毛小孩都在做什麼，便裝了針孔攝影機偷拍。不拍還好，一拍才知道，原來狀似聽話乖巧的狗狗，主人前腳出門，牠後腳就跳上平常絕對禁止上去的床鋪，在上頭瘋狂繞圈打滾，盡一切放肆之能事。那隻表裡不一的狗因這隻影片而爆紅，當然，如果你看過這支影片的話，你會發現一旁那隻超淡定的波斯貓的表現也毫不遜色。

寵物獨自在家的時候都在做什麼呢？咬抱枕？撕衛生紙？翻垃圾桶？睡覺？拿沙發當彈簧床？還是乖乖在門邊守候等主人回家？多虧隱藏式攝影機的發明，讓充滿好奇心的人類，也可以在狗不知貓不覺的情況下窺視牠們的一舉一動。只不過，大部分人好奇的僅是動物外在行為表現，真正關心這些寵物內心想法的人，恐怕不多。

畫家亞瑟潘……更正，現在應該說「作家」亞瑟潘了。我認識他十幾年了，一直以為他的身分是畫家，沒想到他也在我沒看到的情況下，偷偷幹起了寫作的勾當。在《日安，寶貝》這本書中，他深入一隻孤單留守家中約克夏犬的內心意識，讓這隻我應該也認識的狗寶貝，開口訴說起自己的心情故事。

亞瑟潘的文字如其畫作，有種溫柔、細緻又純淨的特質。細讀幾頁，便可發現字裡行間隱隱泛著一片清清淺淺的光亮，不是彩陶表面那種無機的薄薄釉光，而是像可愛的小狗（例如我認識的那隻約克夏），仰著頭以無辜又帶點乞求眼神看著你時泛在雙眼裡的那種濕潤的光亮。亞瑟潘在遣詞造句上極為用心，看得出來他把每個字句都視為落在畫布上的每一道筆觸，沒有任何一劃可以粗率帶過。譬如，他不直接描寫貓咪和麻雀的影子，而是以「挪一挪身子把之前的踢翻的陰影扳回身上」、「從陽光啣起一塊陰影，朝著阿喵和小白的頭頂丟了過去」，讓一個不具實體的平凡事物實體化並加以變形，便營造出了豐富的意象。如此一來，他的文字便有了詩的質感，以及足以讓人回味的餘韻。

從文字可看出亞瑟潘的敏銳、細心與感性，而故事中這位狗狗敘事者也不遑多讓。被主人關在家中的牠，除了品嘗自己的孤單，還把關懷的觸角伸向窗台外的世界。相較於公寓小套房裡的寂靜，外頭的世界是熱鬧的。除了固定在黃昏時分出來散步，令牠暗戀到心痛的「哈妮」，巷裡還有「小白」「小黑」這兩隻意氣相投彼此扶持的流浪狗難兄難弟；屋頂上有情投意合的「阿喵」和「咪咪」追逐嬉戲歡笑高歌的喧鬧；巷口花店有堅持過馬路去抬腿澆灌對面電線桿的「小花」，馬路對面的貓樂園寵物店裡則有整天趴著一動也不動的「賴吉」……

這隻約克夏被圍困在寂寞的世界裡，卻能知天下事，如數家珍訴說了這些狗兒貓兒的故事，那可都是隱藏式攝影機所拍不到的精采情節。然而，在我們認識了這些可愛的動物之後，才會恍然明白，原來這裡面的每一個動物都是有所欠缺的。牠們都和你我一樣曾經有夢想，有渴望，有愛戀的情人，有同甘共苦的朋友。令人感傷的是，那些曾經握在手中的，看似穩固恆久，實際上卻渺小、短暫又脆弱的幸福，都已一去不返，沒有再重來的時候了。

搭配敘事小狗感性的口吻，亞瑟潘以插畫和文字替這些動物做了外表和心理的雙重素描。說是素描，但這可不是創作練習。無論從文字的動態、量感、質感，或是圖畫的色彩、比例、構圖，他的表現都非常亮眼，而且恰如其分地承載了這位躲藏在攝影機之後的作者的真正意圖。與其說亞瑟潘是透過筆下的動物角色悼念逝去的幸福，不如說他是在做善意的提醒。藉由這本憂傷的寵物素描簿，亞瑟潘提醒我們，要善待你的寵物，要善待你的願望。還有，最重要的，要好好珍惜與對待那個一直陪在你身邊的人。

獻給

曾經相依不棄的小盼，

和如今已在天上的小憂和鬆鬆，

還有笨笨的小路，

以及，那些曾在我人生窗前路過投影的朋友們。

日安，
寶貝

總是這樣，你出門時，隨手就把寂寞反鎖，留下孤零零的我，湊著門縫，嗅著我那每天一醒來就繞著你團團轉的期待，就這樣被你匆匆地帶走。

我的項圈和牽繩，又一次被你遺忘在那不見天日的抽屜裡，好久都不來牽掛我了。

少了你，可以讓我在腳下跟前跟後地參與你的忙碌，一時間，倒讓我有種迷失方向，不知道接下來該何去何從的感覺——四周不再乒荒馬亂，東西不再乒乓作響，整個房間頓時變得安分起來，倏忽瀰漫著一片荒涼和靜默，就連我的腳步聲，都顯得異常清晰刺耳，害得我都有些不敢輕舉妄動了。

冷清清的地板上，閒晃著一隻小螞蟻；我的餐盤裡，堆積著滿滿的飼料；你換下的衣服，癱軟無助地攀著床沿不放；關掉電源的電視，尷尬得像一扇幽暗封閉的窗口；瞠著呆滯眼神的貓咪布偶，目中無人地端坐在沙發上；游來游去的魚兒，怎麼也繞不出桌上這一缸透明的框框；我那傷痕累累，還沾著昨夜的口水和塵埃的

『總是這樣，你出門時，隨手就把寂寞反鎖，留下孤零零的我……』

球球，就這樣無動於衷地靠在牆角，而我，一點也不想去咬它。

像往常一樣，我趴在窗台上將漫漫長日攤開。陳舊泛黃的陽光，就這麼一副昨天用過今天又再拿出來繼續用下去的模樣，散漫地抹著這城市裡一扇扇密不透風的窗子，而那些藏在窗後的隔夜的寂寞，似乎也就這樣漫不經心地被抹去了。

熱鬧的大街上，依舊是那些看似熟悉卻又互不相識的人影，正用著匆忙的腳步在踐踏著彼此；壅塞的馬路中，依舊是那些方向一致卻又互不相讓的車輛，正用著尖銳的喇叭聲在推擠著對方。然而，空蕩蕩的天空裡，卻只有寥寥幾片淡而無味的雲朵，一動也不動地黏在上面。似乎，所有遠走高飛的念頭，都像你掛在窗口的這一串風鈴，只能繼續這樣無依無靠地懸著，就連窗台上這幾盆你種的植物，都已經好久不開花了。

一片，兩片，三片……正當我百無聊賴地數著這些無精打采的葉片時，突然有一叢不耐久候的枝葉掀起一陣喧譁；在我還來不及介入之前，一隻從枝頭上跌跌撞

『有那麼一瞬間，我那蠢蠢欲動的念頭似乎找到了翅膀……』

撞綻出的麻雀已經出面結束了這場紛爭——有那麼一瞬間，我那蠢蠢欲動的念頭似乎找到了翅膀，可惜，這隻因為無拘無束而飛得好累的麻雀，卻一點也不想沾惹我的熱情，牠只匆匆地瞥了我一眼，旋即就用翅膀拍出一陣嘲笑，然後很自暴自棄的把自己往樓下拋去，又沉淪在人家無法參與的自由裡了。

汪！真是夠了！要是你也像我一樣，成天困守在這間連一口氣都還來不及憋完就已經跑到盡頭的公寓小套房裡，那你也就能夠輕易體會要是突然見到那種不懂得稍稍收斂一下自己無邊無際的自由的傢伙在你面前招搖時，心裡會有多鬱卒了！

「我懷念街道，我懷念隨地大小便！我懷念公園，我懷念青草地裡打滾！我懷念泥巴，我懷念渾身上下髒兮兮！我懷念、我懷念、我懷念⋯⋯我懷念可以不顧一切埋頭往前衝而不必轉彎!!!」

巷子裡的阿喵，似乎聽到了我的叫嚷，從陰影中浮出腦袋來探一探，確認了四周並沒有什麼值得大驚小怪的事情之後，又把腦袋沉入陰影中了。而一旁的小白，

『眼看這蒼白的陽光，早已和那濃重的陰影劃清了界線，
可偏偏剛才那隻麻雀，卻還在陽光和陰影之間自由自在地穿梭跳躍……』

也在那覆著陰影的睡夢中掙扎老半天後，翻身跌進了陽光裡；只見他一臉茫然，頻頻張望了好一會兒，才又突然想起什麼似的，趕緊把身上那些曝曬在陽光下的舊夢抖了一抖，然後再撓一撓脖子上的項圈，再伸一伸懶腰，再挪一挪身子把之前踢翻的陰影披回身上，又繼續睡了……而這下，似乎連陽光也倦怠得褪去顏色了。

眼看這蒼白的陽光，早已和那濃重的陰影劃清了界線，可偏偏剛才那隻麻雀，卻還在陽光和陰影之間自由自在地穿梭跳躍，實在有夠礙眼的——天啊，這是什麼情形？怎麼就沒有誰願意跳出來管管牠呀！

終於，等到那隻囂張的麻雀自個兒玩夠了，卻嫌這巷子沒意思，又嘰嘰喳喳地抱怨一番，臨走之前，還順便從陽光裡啣起一小塊陰影，朝著阿喵和小白的頭頂丟了過去；阿喵的耳朵搧動了一下，頭也不抬，只揮動尾巴隨意撣了一撣，一時之間，披在小白身上的陰影，似乎被攪得更濃更重了……

自從小黑失蹤之後，小白就對巷子裡的一切不聞不問，終日懶洋洋地消沉在那覆著陰影的睡夢之中了。以前，他們倆只要見到有什麼東西從眼前一閃而過，馬上就會打起精神衝上前去的。

那時的巷子是多麼歡快熱鬧啊！總少不了熱情的呼喊和奔放的腳步，更還有兩根昂揚的尾巴，永遠不嫌累地搖擺在陽光下——即使是在沒有陽光照耀的日子裡，只要看著小黑和小白在巷子裡追逐，也總會讓你錯覺他們兩個相伴不離的模樣，單純得竟好像只是一隻無聊的狗狗正在興高采烈地追著自己的影子玩耍，就彷彿陽光未曾真正消失似的！

如今，少了小黑，一切都淡了；少了小黑，再熱烈的陽光也投射不出快活的影子了；少了小黑，整條巷子就好比一根乾巴巴的骨頭，任人踩來踩去，再沒有誰願意出面認領了。

也許，小黑的例子已經明明白白告訴我們，那些老是學不會安安分分過日子，且執意要跟這個世界爭辯不休的傢伙，下場總是不明不白的。所以，現在的小白，似乎一心只想要和這個世界相安無事下去，不然，他怎麼會讓別人在他的脖子套上一條經過認證的項圈之後，就甘願低下頭來，垂著尾巴，從此閉嘴了？甚至，他還樂意跟那老是把自己放逐在幽暗角落裡的阿喵混在一起，兩個有夠麻吉的呢！

不管如何，就算阿喵不需要陽光，也會隱約反射出一點小黑的影子（唉，這影子未免縮水太多了吧？）但誰都看得出來，曾經那樣單純的光影，曾經那樣濃烈的輪廓，不是說淡忘就可以輕易淡忘的……

當所有的陰影都忙著迴避陽光時，只有小黑膽敢暴露出自身的黑暗來挑釁光線。他不但把自己毫無保留地攤在大太陽下，翻身、打滾、曬肚皮，任由那熾烈的陽光，在他烏黑的皮毛上扎出閃爍刺眼的鋒芒，還總是邁開大步，無畏無懼地踐踏著陽光，翹起尾巴，大搖大擺地指揮著陰影的方向呢！

要是，巷子裡有什麼風吹草動，他馬上就會帶頭領著小白衝上前去，別說是一隻礙眼的麻雀了，就算是一隻迷路的蝴蝶、一片飄零的落葉，都可以讓他們忙上好

『……他們兩個相伴不離的模樣，
單純得竟好像只是一隻無聊的狗狗正在興高采烈地追著自己的影子玩耍，
就彷彿陽光未曾真正消失似的！』

一陣子，甚至連一張昨日的舊報紙、一只無人回收的空罐頭、一陣匆匆忙忙的腳步、一些細細碎碎的耳語、一瞥驀然回首的目光、一絲來路不明的氣味……他都不會輕易放過，非要認真地追逐一番不可。

事實上，小黑不只把我們的巷子當作一根多麼珍貴的骨頭來看待，他簡直就把整條巷子都當作是自己尾巴的延伸，凡是踩到他尾巴上的任何東西，他都很有權利和義務要跑上前去檢查盤問一番。

他尤其不放過那些跑得比他快，叫得比他大聲的機車——其實不管機車、汽車或腳踏車，只要是停放在巷子裡的輪子，都得經過他豪邁地抬起後腿在上面登記過才算數。有一次，他追著一輛不肯讓他登記的超級機車，人家都逃出巷子跑到馬路對面了，他還不死心，連紅燈亮起了都沒注意到，要不是恰巧在巷口絆到花店的小花，他可能早就玩完了吧。

說起當時的小花，卻已經老得只能靠著身上幾瓣凋萎斑駁的花色，尷尬地陪襯

『……一些細細碎碎的耳語、一瞥驀然回首的目光、一絲來路不明的氣味……
他都不會輕易放過，非要認真地追逐一番不可。』

一堆初綻的鮮花擺在花店門前，成天任憑那浮動的花粉，就像塵埃一般落在自己身上，連要起身抖一抖的勁都快提不起了。這樣已經夠糟了，更糟的是，他也不知道自己究竟招誰惹誰了，還不時得忍受小黑小白來騷擾，可卻也拿這兩個活蹦亂跳的傢伙沒辦法（你看！你看！他們倆又在巷子裡追來追去打打鬧鬧了！）

雖然，小花似乎生來就是這樣鬆鬆垮垮又腿短短的，整天皺著眉頭、吊著眼珠、垂著長耳，一副有點兒悶悶不樂，又有點兒無辜到不行的模樣。可是聽說，他年輕的時候，也不是不曾荒唐過呢！（我甚至還聽說他小時候，經常因為不小心踩到自己又大又長的耳朵而絆倒呢——呵！呵！呵！呵！真是太好笑了。）

年輕時候的他，雖然還是一副愁眉苦臉憂鬱到不行的老扣扣樣子，但身手卻靈活，花色也嬌嫩。儘管，花店的鮮花已經為他提供了那麼多色彩，他卻還嫌不夠用似的，不但把那種在自家門前的紅綠燈占為己有，甚至連馬路對面那邊的也要三不五時跑去灌溉一下。

『年輕時候的他，雖然還是一副愁眉苦臉憂鬱到不行的老扣扣樣子，
但身手卻靈活，花色也嬌嫩。』

也不管那來來往往呼嘯而過的車輛，他總是趁著站在花店前面的行人，張望著號誌要過馬路的時候，跟著人家匆忙的腳步穿越馬路，然後把對面的燈桿巡視澆灌一遍之後，又隨著另一批穿越馬路的腳步回到花店來，如此來來去去，一日好幾回（真不知這遊戲有什麼好玩的，小花竟然樂此不疲？）搞到最後，人家都不得不把他給拴了起來（這下可害得他更加愁眉苦臉，悶到不行了！）

然而，就算總有牽絆掐著小花的脖子，讓他常常喘不過氣來，超固執的他仍舊暗暗埋伏在花叢裡，吐著舌頭，流著口水，分外眼紅地盯著那一閃一閃的號誌瞧，生怕自己的心血會被別人搶走似的。只要逮到可以擺脫牽絆放縱自己的機會，他就會趁那燈號變換，行人的腳步跨出之後，從花叢裡猛然竄出，仗著自己骨架大，飛奔著粗短的四肢，齜牙咧嘴，扭曲著鬆弛的臉皮，甩動著一對胡亂張揚的大耳朵和一身鬆垮垮的橫肉，外加一根似乎從頭到尾都跟不上節拍揮舞的尾巴，由人家的腳邊超越過去，然後，在行人慌慌張張走來之前，趕緊在另一頭的燈桿上抬起短短的腿來，大剌剌地登記註冊一番（嘿，瞧他開心的哩！）

曾經，他以為，要不是因為他每天如此勤加灌溉，外加早晚堆肥的，這幾盞高高在上的號誌早就熄滅了！

可是，也不知從什麼時候開始，小花發現自己就算擺脫了牽絆，卻也追不過行人的腳步，到後來，甚至連他的紅綠燈也不等他了。終於，經歷過幾次差點嚇死旁人的意外之後，他認命了，從此任憑自己被當成擺設似的終日擺在花店門前，繼續悶悶不樂地皺著眉頭，用著他那無辜且哀怨，充滿深情又憂傷的眼神，望著那信號一閃一閃地變換著，一如那時光在他眼前流轉，卻再也輪不到他來插手了——原來這世界就算少了你的參與，也不會有什麼不同啊！馬路上的車輛依舊呼嘯而過，毫不遲疑；馬路旁的行人依舊腳步匆忙，毫不留戀；花店門面的鮮花依舊一批換過一批，看起來總也年輕不老。

年輕真好，總是花樣百出，總是活力旺盛，總是敢衝敢闖。看看巷子裡的小黑小白，總是說追就追，誰也別想攔住，好像隨隨便便哪個一閃而過的光影，都值得他們不顧一切全力衝刺似的。雖然，他們的決心，也好像他們的尾巴一樣搖擺不

定，老是追到一半，又被別的什麼目標給吸引了過去，但只要忙著埋頭追逐，似乎就能相信自己真的會抓住些什麼，縱使，馬路上的信號始終變來變去，可仗著年輕，不都一下子就跟上了。而自己，也不知究竟是在哪個時候錯過信號的，等到發覺時，早已被遠遠拋到了後頭，一下子就變得好老好老（眼看他老得就像一朵蜷縮在花叢底下動也不動的蘑菇了！）老到搞不懂那些爭先恐後的車輛，到底是在追些什麼？（他連對擺在眼前的骨頭搖一下尾巴的衝動都沒有了！）老到看不出那些匆匆忙忙的腳步，究竟是在趕些什麼？（他連自己上次穿越馬路是多久以前的事都快想不起了！）老到分不清那些招招搖搖擺在門面的各色鮮花，除了總是同樣地爭奇鬥豔之外，還有什麼差別？（他連自己的紅綠燈桿被人家偷偷塗鴉也無所謂了！）

終於，當我們這位視力茫茫、面容蒼蒼、腰痠背痛、毛病一堆，分不清斑駁的身上究竟是落著一層花粉還是塵埃的小花，在那每天翻新花樣的花叢之中，一如蘑菇安安靜靜無聲無息地兀自凋萎下去，等到大家想起他時，才發覺他早已像那塵埃一般隨風而逝了，而這時，咪咪踩在花粉上的腳印，便逐漸清晰了起來。

雖然，行徑可疑的咪咪，只是偶爾會藏在花叢底下歇歇腳，或啃啃草葉，或捉捉蝴蝶。不過，每次人家發現她來報到時，都會低聲下氣地端出豐盛的大餐來款待她。可是，她一見到人家，卻總是毫不領情地甩甩尾巴，揚長而去。然而，要是她大駕光臨卻看不到預訂的餐點的話，又會在花叢之間來回穿梭，喵嗚喵嗚地抱怨了起來。總之，她就是這樣我行我素，一副很清楚自己要什麼、不要什麼的模樣，誰也別妄想去掌控她的行蹤。

也許，正因為咪咪那一身帶著淡淡秋意的花色，恰似幾片黃葉黏在白雲上的緣故，所以她的出沒，也像那不知是從哪個遙遠的地方飄來的雲朵，或從哪家高不可攀的窗台上掉下的落葉似的，總是偶然飄過你的窗前，翻飛一陣，然後就不知下落了。

有時候，你正百無聊賴地望著一片雲影，悠悠地掠過那空蕩蕩的屋頂，轉瞬間，被天光揭開的雲影裡，竟冒出咪咪似乎已經在原地睡了很久很久的身影。然而，在你一不留神的時候，又會有一片雲影輕輕悄悄地將她給拭去了。

『也許，正因為咪咪那一身帶著淡淡秋意的花色，
恰似幾片黃葉黏在白雲上的緣故，
所以她的出沒，也像那不知是從哪個遙遠的地方飄來的雲朵……』

偶爾，你還會不小心見到她躡手躡腳地潛行在誰家的牆頭，或者鬼鬼祟祟地埋伏在誰家的窗下，彷彿是在打探著什麼不為人知的祕密；偶爾，你又會見到她把自己大大方方地晾在陽光底下，一面練瑜伽似地任意舒卷彎折著柔軟的身子，一面回味無窮地舔舐著身上那些蒐集來的祕密，彷彿，多虧了這些誰也猜不透的祕密，才讓她得以維持如此謎樣的身段。

每當咪咪經過小黑小白面前，總是仗著居高臨下的優勢（不瞞你說，有時我還真懷疑她是不是生了翅膀，不然怎麼可能跳上那麼高的地方），瞇著冷眼，抬著尾巴，不慌不忙地擺出一副不可捉摸的樣子（她總以為自己生得真美麗，就像那些她也未必捉得著的蝴蝶似的），完全無視於腳下的小黑小白如何威嚇咆哮，甚至，還把尾巴給揮舞了起來（她那一根招搖著高傲矜持，而且看似非常有嚼勁的尾巴，連我見了，都不免要咬牙切齒起來，好想給它狠狠咬上一口呢！）任意擺布著小黑小白叫囂聲裡的抑揚頓挫和輕重緩急，害我聽了，也忍不住笨笨地跟著大聲響應，就連那些路過的行人，也都不由自主調整起步伐，或者在心裡打著節拍快步走過，或者口中唸唸有詞繞道而行，唯恐被捲進這場全然激情失控的熱鬧裡。所以說，其實

『她便仗著自己那一身輕盈的傲慢，
在這紛紛擾擾的城市之中，
從容且優雅地踩著自己既冷漠又疏離的步調。』

只要咪咪她願意，動動尾巴就足以把整條巷子搞得澎湃激昂，絕無冷場了。

還好，咪咪對這世界向來愛理不理的，既不想干涉誰的生活，也不想被誰干涉。就算她有時會在心血來潮的夜裡哼幾曲憂傷的歌兒，但那隨風飄零的怪腔怪調也僅在一些半夢半醒的耳畔掠過，並不留下些什麼；就算她總是冷眼旁觀隨心所欲地四處遊蕩，但那神出鬼沒的飄忽身影也不曾擋到了誰的去路，或踩壞了小黑小白在巷子裡的地位；就算她從來不輕易讓人家靠近，但偏偏還是有許多自作多情的傢伙一見到她，就對她大獻殷勤百般討好，可最後都碰了一鼻子灰，任誰也收服不了她，因為，她誰也不欠。

她便仗著自己那一身輕盈的傲慢，在這紛紛擾擾的城市之中，從容且優雅地踩著自己既冷漠又疏離的步調。

雖然，小黑小白一向對這些貓咪沒轍，但也不像我們一樣，總是隨隨便便就垂下尾巴輕易認輸的。事實上，小黑小白只肯屈服於那些天真無邪的孩子——他們嗅起來有點乳臭未乾，似乎少了些人味，所以從不高高在上，也不委屈自己，不是我要說，這些小東西真是太厲害了！就算你用冷冰冰的鼻子去嗅他們，用濕答答的舌頭去舔他們，用髒兮兮的身子去磨蹭他們，他們還是樂陶陶地巴著你不放，甚至，還膽敢去扯你的尾巴，害你當場尷尬得要死，卻又拿他們一點辦法也沒有。而且，他們還老是喜歡掏出一些奇奇怪怪的玩意兒硬是要你分享。真的，不騙你！我就曾經被他們追得夾著尾巴跑，也嚐過那種咬起來卡滋卡滋，還算不錯吃的小零嘴，和另一種看似堅硬，咬下去卻軟呼呼、黏糊糊，說不出口味的怪玩意兒，最後，還黏到了我的毛上，甩也甩不掉，越弄越糟糕——還有那些善心的路人，他們不但熱情地呼喚小黑小白，更願意彎下身子，伸出手來摸摸他們，甚至，還不惜弄髒自己的衣裳，或蹲或跪把他們又摟又抱的，分享著彼此的溫度和氣息。我想，任誰在這樣友善且溫柔的對待之下，都會乖乖地搖著尾巴，心甘情願投降認輸的吧？

除此之外，就算烈日灼身，就算風裡雨裡，小黑小白也總是很有氣概地挺著尾巴，守住巷子，絕對不會讓人家隨便踐踏自己骨頭的！

要是，有哪個不上道的傢伙，膽敢跑來找他們的麻煩，小黑馬上就會熱血沸騰地領著小白迎上前去。往往，人家光是見了他們這副慷慨激昂的氣勢，和那義氣相挺不要命也似的衝動莽撞，就難以招架，落荒而逃了。就算，對方實在不好惹，小黑小白也還可以吆喝我們這些不能親臨現場的左鄰右舍聲援助陣。如果這樣，還無法說服那些不可理喻的傢伙，他們大不了拔腿落跑。反正，就當作是一場捉迷藏的遊戲，只要暫時找個地方避避風頭，等到遊戲結束，他們還是會回到原地來的。

偶爾，住在我們樓上的毛球，也會在那滿巷子吵得沸沸揚揚的時候，探出頭來聲援一下。

說起這個向來潔身自愛又毛茸茸的大塊頭，他只要靠著一張口沫橫飛的大嘴巴，隨隨便便說幾句話就很夠分量了。每次我碰到他，總是好久不見，總是行程滿檔，總是時間緊迫，說來說去，總是被他占了上風，還被他的口水給弄得渾身黏答答，簡直就像洗了一場泡沫澡似的。不過話說回來了，像他那樣老是把目光藏在深不可測的長毛後面，只露出高昂的鼻頭來面對外界的傢伙，每天光是嗅著風向，找

著對的位置，做著對的事，就已經夠他忙得團團轉，更別提他那一身軟軟綿綿、蓬蓬鬆鬆，好似撥也撥不開的長毛，保養起來有多麻煩了。

所以，總而言之，就算毛球願意出面，也不過是站在高處稍稍地露個臉，禮貌地放放話，然後又一塵不染地縮回去忙他的了。

可惜，我整天閒得發慌，根本找不出什麼可以忙碌的理由，所以每次一聽到小黑小白的吆喝聲，總是忍不住跟著亢奮起來，有時乾脆就不顧形象嘶吼個痛快——萬一，我不小心激動過了頭，吵到了左鄰右舍的安寧，你可要多多見諒啊！畢竟，要是錯過了他們的吆喝，我整天除了湊在窗口或門縫等你回來之外，也真的沒有什麼熱鬧可以湊了。

有時候，我真羨慕小黑小白，他們從來也不必在你時而溫柔哄騙，時而威脅恫嚇的道別之後，還要死心塌地的把大好時光，花費在苦苦守候一扇竟日緊閉就自以為是一面牆的門，會在某個你良心發現的時候，突然開啟。

小黑小白從來也不打算賠上自己的一生去認領任何人，所以自由自在，所以無牽無掛，所以再怎麼大吵大鬧也不必為誰負責。他們只要在那些心地善良的路人召喚他們時，跑上前去搖搖尾巴、吐吐舌頭，讓人家摸一摸，就不愁餓肚子了。那些總是不忘為小黑小白打包剩飯剩菜，甚至還有美味罐頭的善心人士，來來去去，永遠都是一副好心腸好脾氣的模樣。有時候，他們對待小黑小白，甚至比對待他們自己的同類還要掏心掏肺呢！不像你，老是對我這麼不耐煩，還擔心我沒事亂吼亂叫，鄰居會找上門來抱怨我又吵到誰了。要是，突然有哪個熱中於守望相助的鄰居，閒來無事在我們的門上貼一張字條，或在電梯裡隨便對你說了幾句我的壞話，你馬上就會大驚小怪找我興師問罪，對我大小聲地逼問我到底做了什麼？害我嚇得要死，四肢僵硬，垂著尾巴搖也不是，不搖也不是，只好搖搖又不搖，頭也低到不能再低，整個身子扭來扭去皮皮剉，都不知要縮到哪兒去才好？可你卻還對我咄咄相逼，堅持要我看著你，要我給個交代！我只好倒地裝死，甚至連肚皮都袒露給你了，你還指望我能怎樣？也不想想我平時是多麼懇切認真地想要和你溝通，你怎麼都不「看著我！」「看著我！」「看著我！」呢？

每次，你一回到家裡，總是隨隨便便敷衍我一下，就把我冷落在一旁（我已經花了整整一天守候你了，只讓你花一點點時間把個屎、把個尿，應該不算太過份吧？）也不管人家還在原地對你熱切地吐舌頭、搖尾巴、轉圈圈、翻肚皮（真是超尷尬的！）我只好趁著你和電視纏綿時，偷偷摸摸地跑去嗅一嗅你換下的衣物，努力從上面的氣味推測出你一天的經歷，然後再很興奮地跑到你的面前，好說歹說地奉勸你：「要是你不把我丟在家裡！要是有我出面陪著你！我保證誰也不敢招惹你了！汪汪！」可惜，你卻根本不領情，還要我閉上我的狗嘴（我不過是找個話題和你敘敘舊而已，有必要這麼生氣嗎？）我只好夾起我的小尾巴，默默退回角落裡。我真想不透，為什麼你可以縱容電視大聲喧譁，卻不准我發表意見？（汪！我都快憋死了！）如果，你真的那麼希望我閉嘴，也許我該像那隻沒有嘴巴，沒有情緒，沒有溫度的貓咪布偶一樣，整天裝著一成不變的可愛，不吵不鬧地窩在沙發上。那麼，在你心血來潮的時候，我就不必一邊打著呵欠，一邊還要陪你耍著什麼「坐下，握手」的無聊把戲，也不必辛苦自己累得半死跑去叼回從你手中丟出的球球（呃……好吧，累歸累，但我也沒辦法否認，陪你玩球真的很過癮啦！）更不必在你被人欺負，遭到背叛，心靈受創，或為哪個移情別戀，死沒良心，並不值得的傢伙哭得傷心欲絕的時候，強作鎮定地被你攬抱得透不過氣來，還不時得為難自己去舔乾你臉上那既鹹又苦，既不是滋味又不能解渴的淚水了（呃，這就真的有點噁了！）

可是話說回來了，在我這樣被寂寞圍困的世界裡，除了你，我的心又能投靠誰呢？

還好，只要等你熄燈就寢的時候，我就有機會可以和你相偎相依了——就算你的手腳好似狂風，屢屢將我橫掃到床下；就算你的喝斥好像暴雨，在在將我驅逐到角落。但我總是抱著愈挫愈勇百折不撓的決心和毅力，再接再厲，只要能夠逮到一點機會挨在你身邊，分享到一些些你的體溫和氣息，就算是冒著被壓扁的危險也甘願！

不瞞你說，我也曾偷偷問過樓上的毛球，到底要如何才能夠像他一樣厲害，不必尾巴搖得要死，就能讓人家心甘情願地聽他使喚？

「記住！千萬不可以寵壞了你家的那個人類！」他用好大的口氣說，「首先！要讓他們知道誰才是真正的主子！」（嗯！嗯！其實我也經常懷疑我是不是太寵你了呢？）說完之後，他不慌不忙地抖抖身子擺起了架子，「每當他們捧著什麼好東西！低聲下氣地跪下來哀求你陪他們玩的時候！千萬記住！絕對不要露出你那飢渴的目光和那沒有骨氣的小尾巴！」（嗯……嗯……這個好像有點難耶！）他停頓了一下，把鼻頭抬得高高的，也不知是在嗅著風向還是在打量著什麼東西，然後搖了搖頭說，「要是！你的身上實在湊不出足夠的毛！可以藏住你的目光或尾巴！那也只要垂下你的眼皮！抬起你的鼻頭！攤開你的四肢！讓你的下巴和肚皮貼著地板！裝出一副不理不睬的樣子就行了！」（是喔？）這時，他冷不防打了一個好大的呵欠，「嗚哇啊……哦！必要的時候……再打一個長長的呵欠……這樣就能更明確地表達出你的不屑了！」（真的假的？）說到這兒，他又抬起他的鼻頭，開始嗅起那變化莫測的風向，或打量著那始終讓我很難看出具體形象的東西了，「當然啦！要是你希望姿勢比較優雅一點的話，那也可以在你把下巴擱下之前，先把你的前腳併攏或交疊。還有！如果不嫌麻煩的話，你還可以轉過身去，把以上的動作再重複一遍，要是能用屁股對著他們，效果就會更好了！」最後，他舔一舔口沫，清一清嗓子，「咳咳，總而言之！廢話少說！保持沉默！」

哇嗚！真不愧是史上心機最重的毛球啊！實在真是說得太好了！我幾乎都忍不住要站起來給他拍拍手了（可惜除了「坐下，握手」，我還沒學會這招）！不過，要是他也像我一樣，每天只有一成不變的飼料可以嗑，又怎麼還能拒絕那包覆著起司口味的餅乾，或背叛那罐頭打開的聲響呢？（當然啦！如果是香噴噴的肉骨頭就更好了。或者，那些奇奇怪怪口味的小零嘴也不錯！就算，硬梆梆的牛皮骨我也接受啦。要不，那就你吃不完的剩飯剩菜或炸雞排好了！哇，我的口水都快流下來了耶……反正，總而言之，只要是平常擺在我餐盤裡以外的東西，一定都是最好吃的，人家我都沒有跟你在客氣的啦！）

雖然說，毛球總是那樣默不作聲地享受著他那一塵不染的幸福，不過有時，我也會懷疑在他莫測高深的長毛底下，會不會也有一雙哀怨的眼睛或不為人知的小尾巴呢？我記得有一次他家的「人類」出門去度假，那一陣子，他們家都無聲無息安靜得要死。後來你告訴我，毛球不哼不叫不吃不拉的在家裡撐了整整兩天一夜。

你說，「他多了不起啊！」——欸……是嗎？怎麼我在地板上翻來覆去，想了又想，總覺得那些覆蓋在毛球身上撥也撥不開的幸福底下，似乎也暗藏著一些我可以稍稍懂得的東西了。「嗚哇啊……」我忍不住張開嘴巴，打了一個長長的大呵欠。

也許，還是哈妮比較厲害吧？因為她總有辦法在每個黃昏，讓她家的人類乖乖地被她牽到巷子裡來遛達。每回花店的小花見到她翩然出現，總是眉頭皺得更深，花色也更加凋萎了，就連平時稱霸巷子的小黑小白，見了這步態如此輕盈曼妙、毛色如此雪白柔亮、氣質如此高貴優雅、配飾如此閃爍耀眼（難道你不覺得就算把花店所有的鮮花加起來，也比不上她頭上紮的小小一朵蝴蝶結啊！）簡直……簡直……簡直就像個精心打扮的小拖把蒞臨現場，也只有乖乖滾到一旁流口水的份（我很遺憾每次回想起這幅應該是很完美無瑕的畫面時，就免不了要瞄到那一濃一淡的汙點黏在邊上）。雖然，每次我都假裝是在等待著城市的燈火亮起似的，趴在窗台上默默等著她（當然是在等你的時候順便等她囉！）但她卻也不曾留意到自己出現時，為她點亮的除了在她頭上的路燈之外，還有更高更遠處的星星和月亮和……和那隱藏在幽暗之中的一雙（哦，拜託，不是指那兩個汙點啦！）火熱的眼睛。

在每個長日將盡，寂寞開始蔓延的時刻，我就會偷偷摸摸地躲在你種的這幾盆很難找到遮蔽的植物後頭，等待我的哈妮，搖曳著一身飄逸的長毛，踩踏著輕快的小碎步，沿著一路的燈桿，盈盈走來，用她那拖把似的身影，掃除我心底的寂寞，用她那深藏在胯下的雨露，澆灌每一盞垂頭喪氣的路燈。然後，我那隨著天光漸趨黯淡的心情，就會像路燈一樣，在不知不覺間都發亮了！

每當，哈妮一邊牽扯著她家那個慌張的人類（這傢伙似乎對小黑小白有點過敏呢！）一邊拖曳著自己款擺的影子來到巷子裡，總會在路燈之間尋尋覓覓，挑挑揀揀，那副認真的模樣，彷彿是在選定什麼可以託付終身的對象似的（當然不會是那閃到一旁哈得要死的小黑跟小白囉！）只見她那亦步亦趨一刻也捨不得離開她的影子，有時濃重、有時輕淡，有時拉長、有時縮短，有時在前、有時在後，有時孤孤單單的一條、有時又熱熱鬧鬧的很多條，害得那一盞盞的路燈，都得睜大眼睛，小心翼翼地交接著她那捉摸不定的影子。

當我也睜大了眼睛，試圖要去逮住她那款擺的身影時，那身影卻好像被微風吹

『她卻也不曾留意到自己出現時，
為她點亮的除了在她頭上的路燈之外，
還有更高更遠處的星星和月亮和……
和那隱藏在幽暗之中的一雙火熱的眼睛。』

動似的，不斷在眼前這些枝葉間撩撥著我的視線，害得我都有些不清不楚的搔癢；當我豎起了耳朵，試圖要去承接她那曼妙的腳步聲時，那小碎步卻好像化作了雨點一般，不斷在我的心坎上落下又消失，害得我也有點不明不白的疼痛。可是說也奇怪，這一切卻是我甘願承受，甚至可以說是我很享受的（天啊！我是不是有什麼毛病啊？）要是，她優雅地走著走著，突然卻像發現了什麼似地停頓在路燈下，然後又若有所思地繞起圈圈來，那麼，我的心跳也會隨之停頓，我的目光也會隨之繞著圈圈（哇靠！我覺得我快死掉了！）反正，不管她最後的決定，是要為路燈灑下一陣潺潺的滋潤，或是犒賞一坨熱呼呼的堆肥，那些釋放的氣息，一旦隨著晚風拂過窗台上這幾盆頹喪的植物，朝我而來，聞起來似乎都帶著幾分渴望灌溉的暗示（呼！呼！呼！……）彷彿，只要我一開口，她就會赫然發現她那遍尋不著的對象一定就是非我莫屬了（呵！呵！呵！嗷嗚……嗷嗷嗷！）

儘管，我和她礙於重重阻隔，不能相約在黃昏後一起遛達遛達（呃，關於這點，我想，你可能需要好好檢討檢討），但我也一定會向她再三保證，只要她也把我放在心上，今後隨便她走到哪兒，只要在夜裡抬起頭來，就算見不到那一輪光燦的明月，也總會見到幾顆灼熱的星子，就像我的目光似的，一路閃閃爍爍相伴不離地追隨著她的形影——可偏偏，每當我想開口喚她時，卻好像有顆滾燙的月亮卡住我的喉嚨，噎得我半句話也吐不出來（呃……呃……呃……），我只能任憑那滿天的星光，就像跳動的火苗在我眼底紛紛散落，而城市的燈火，卻飛到了天上不停閃爍（……嗚！嗚！嗚！）

雖然，我也曾利用幾次難得出外散步的機會，把她走過的路線仔細徘徊一遍（你總是嫌我走得太慢），然後，在那些令我怦然心動的氣息相伴之下，慌慌張張地抬起腿來（想想看，她曾經多麼親暱地對待這些燈桿啊！）再很艱難地調整好姿勢，寫下我那曲折委婉且猶帶餘溫的愛慕之意（不要一直拉我啦！要是我的字跡寫得斷斷續續，全都是你害的），告訴她我多想和她交往交往（不管你願不願意），如果她願意的話（那就太好了！）只要在那日落的老時間，漫步到巷子裡這盞把頭垂得最低的路燈底下，然後繞個兩圈，再抬起頭來，往這世上最最最黯淡的窗口瞧一瞧，就會瞧見那個鬼鬼祟祟探頭探腦的我了（噢耶！）

可是，我等得路燈的臉色也蒼白，天上的星星也暈眩，就連那始終高高晾在一旁的月亮都消瘦了，她卻從來也不曾抬起頭來看我一眼。只見她那遛達的步態還是同樣輕盈，她那澆灌的姿勢還是同樣優雅，似乎，連一點兒為相思而苦的樣子也沒有，害得我的愛慕無從著落，只能乾巴巴地在半空中盤旋——會不會……會不會她的目光從來就只落在那些燈火最輝煌的人家，而對黯淡的窗口瞧也不瞧？或者……或者暗戀活該就是這樣，你愈是暗自窩在窗裡死心塌地的為對方癡癡守候，對方就愈是擺明著在窗外漫不經心的左顧右盼？要不……要不可能就是在哪個你不注意的時候，突然冒出個不識相的小黑或小白，偷偷在你曾經嘔心瀝血寫著濃情蜜意的燈桿上搞破壞了。

誰知道呢？也許，也許保持一段距離未必就不好。彼此有了距離，那些無從著落的愛慕，不就有了更大的空間，可以繼續戀戀不捨地盤旋下去？嗯哼，那就讓我繼續這樣遙遙地守候著她吧！反正，就當作是在守候一顆可望卻不可即的星子那樣，好歹，每當我的窗口又開始黯淡下來的時候，我還可以在暗地裡悄悄找個閃爍的對象來牽掛——牽掛那始終嵌在我的心坎上，掩不住也掉不下的祕密，微微的、怯怯的、一閃一閃的，永遠都透露著一點明滅不定的希望。

然而，就在那些個晚霞特別絢爛的黃昏，誰都難免會被遠在天邊的雲彩給攪得眼花撩亂，而忽略了近在眼前的路燈的起滅啊！等到我恍然明白，再絢爛的雲彩，終究還是要被黑夜給驅散的時候，回頭一瞧，卻不見哈妮在路燈下的蹤影了？

日復一日，夜復一夜，星光點點，月色淡淡，人來人往的路燈下，依然只剩小黑小白在逗留——我真是有夠笨的！哈妮早就已經搬家了。

偶爾，當那些絢爛的晚霞，又湊到我黯淡的窗口上招搖時，我還是忍不住就變得偷偷摸摸了起來，然後怯怯地探出頭去，瞧一瞧那一盞盞垂頭喪氣的路燈，就這樣悄然地亮起微茫的光線，就這樣揚不起一點塵埃地隨著路過的身影，投下去去又來來的思念……

誰知道呢？也許，也許錯過反而更美好。正因為錯過了彼此，所以永遠只記得她當時飄逸的樣子，此後所有去去又來來的思念，不就只能一再地迴旋往復，徘徊在那永恆駐留的唯美印象中，再也不會隨著時間變質了？嗯哼？……雖然有些時候，我抬起頭來，望著夜空裡那些零零落落的星子，眼中不免還有些兒不清不楚的搔癢，心坎上也還有點兒不明不白的疼痛，彷彿，仍有著什麼遺憾，還死死地嵌在某個角落裡，隱隱約約地閃爍著。然而，一旦我認認真真反反覆覆去尋索，卻又不確定那始終放不下的遺憾，究竟是牽掛在哪兒了？

哈妮還在這個城市裡嗎？她過得還好嗎？也許，也許她從來都不知道，她的一舉一動，曾那樣翩然地掩映在我黯淡的窗口；也許，也許她從來也沒發現，她那輕搖款擺的身影，曾那樣輕盈地掃除我心底的寂寞。每當，落日要和路燈交接各自的光芒時，她還會像以前那樣，在路燈下牽著她家的人類，拖著自己的影子，尋覓著什麼可以託付終身的對象嗎？要是，她偶然抬起頭來，發現了遠處那微微的、怯怯的、一閃一閃的亮光，會走到路燈下，為我澆灌一些思念嗎？

白天的路燈，裸露著自己單薄的身子，似乎顯得很是抱歉，把頭垂得更低了

『要是，她偶然抬起頭來，
發現了遠處那微微的、怯怯的、一閃一閃的亮光，
會走到路燈下，為我澆灌一些思念嗎？』

——也或許，就讓那些記憶安安靜靜地待在它們原先的位置上就好，別再苦苦翻攪探究了吧？畢竟，任誰也禁不起時光的摧折磨蝕啊！

呼！我仰起頭來，眼裡忽然掠過一片白茫茫的雲朵，什麼都看不清了……那時光的飄移，可真是悄無聲息啊，才一轉眼，又把許多雲朵拋得老遠了，真不知那些白茫茫的雲朵，最終會被拋到哪兒去？然而，看著它們那副始終無著無落的模樣，倒像是軟趴趴的小白在夢遊似的，只能從舊夢中去尋覓投影的方向了。

巷子裡的小白，依然懶洋洋地消沉在那覆著陰影的睡夢之中，巷子裡的陽光，倒已經放肆地傾覆在阿喵的身上了。

只見阿喵的鬍鬚不斷抽搐著，在夢裡的他，似乎有些撐不住了，很艱難地翻了一個身，一片枯葉便從窗台上的植物飄落，翻飛旋盪，彷彿是蝴蝶跌墜的身姿；窗口的風鈴也顫動了起來，清脆剔透，恍惚是翅膀碎裂的聲響；阿喵忽然驚醒過來，抬頭一望，卻見一陣碎碎裂裂的光芒濺到了眼裡，他受不了那刺痛，只好心不甘情不願地再翻一翻身，又讓陰影給接住了……

話說阿喵這個怪咖，他原本住在馬路對面那邊的「貓樂園」。那裡的櫥窗，一年四季展示著各式各樣幸福又美滿的貓咪，他們全都打扮得漂漂亮亮，成天作威作福地享受著無微不至的照料。然而，這一大票住在樂園裡的貓咪之中，卻獨獨只有阿喵沒資格站在櫥窗裡為幸福代言，也獨獨只有阿喵從來不換季。

坦白說，這其實一點兒都不奇怪。誰教他生得一副來歷不明的倒楣樣，渾身烏漆抹黑又瘦巴巴的，怎麼看都像個壞胚子，也實在不能指望有人願意許他什麼光明的好未來了。不像別的貓咪們，都有著一對高貴的好父母，都生得一副高貴的好模樣，都被安排在一處光明的好位置，可以為他們預約一個光明的好未來——可是話說回來，這些遺傳了高貴血統的貓咪們，同時也繼承了大筆揮之不去的目光，害得他們平時哪兒也別想去，只能待在那精心布置的框框裡，擺出一副好像很對得起自己身分和地位的姿態，好來應付那些過往的行人，對自己的一舉一動指指點點。

當這些身價高貴得不得了的貓咪們，都被陳列在櫥窗裡作為幸福的示範時，不知道該把自己擺在哪個位置的阿喵，只好一副很不清楚自己到底要什麼，又不要什麼的模樣，在幸福的背景裡晃來晃去，干擾著人們對於幸福的想像——在貓樂園一片幸福洋溢的光照之下，只有他，走到哪兒，光線就黯淡到那兒，彷彿是一抹埋伏在幸福背後驅也驅不散的幽魂似的。

幽魂似的阿喵，成天就這樣在貓樂園裡獨來獨往，游手好閒，無所事事。有時任性撒野，為所欲為，跳上跳下地打翻那些堂堂皇皇擺在高處的東西。有時也低調收斂，鬱鬱寡歡，鬼鬼祟祟地貼在玻璃門上瞧著樂園外的花花世界，卻又鼓不起勇氣跨出那扇迎來送往開啟頻繁的大門。

雖然，阿喵是如此我行我素不聽使喚，還經常惹出一堆麻煩來，但人家卻對他無可奈何。因為，要是少了他的在場，那些身價高貴的貓咪們又能找誰來對比自己的幸福呢？即使後來，當那隻又髒又臭又消瘦的狗兒，可憐兮兮地想要偽裝成貓咪賴著不走時，大家都看好他能夠取代阿喵的地位。誰知過不了多久，這老愛趴在門

口踏墊上的傢伙，竟然日漸膨脹了起來——他吃得比誰都飽、睡得比誰都香，看起來比誰都幸福，一點也起不了什麼對比的作用嘛！

那一天，咪咪有一搭沒一搭地哼著歌兒路過貓樂園，偶然在玻璃門上瞥見了自己美麗的倒影，一時忍不住，就走上前去想把自己的美麗再確認一番。

怎知，她愈是靠近玻璃，自己的美麗就愈是消失在自己膨脹的倒影之中。當她放大了眼瞳，幾乎要把整張臉都貼在自己的倒影上時，簡直無法相信那倒影上的美麗會是這樣淺薄，竟可以如此輕易就被透視了——怎麼那些藏在美麗後面的，淨是些只要花錢就可以買得到的貨色？

更讓咪咪驚訝的是，她在這些琳瑯滿目的貨色中張望了老半天後，卻發現似乎只有那隻窩在角落裡埋頭吃食的狗兒沒有標示價格。起初，她還以為是自己看走了眼，誰想到，當這圓圓滾滾背上還打了個勾的傢伙，把埋在餐盤裡的腦袋給挖出來時，一轉眼見到了她，先是愣了一下，隨即就把自己肥嘟嘟的身子抖了一抖，然後連忙翹起尾巴，抬起鼻頭，露出套在他脖子上的那條經過認證的項圈，再伸出舌來舔一舔掩不住上揚的嘴角，接著，又把整個腦袋瓜用力一撇，非常之鄭重地朝她投來意味深長的一眼。

咪咪當下一怔，覺得眼前這狗兒彷彿有些面熟，卻又一時想不起究竟是在哪兒見過他了？她不禁用尾巴舉起問號，很認真地思索了起來？

沒想到，等她回過神來，才發現不知何時竟又冒出一雙白癡到不行的眼睛，正和她面對面地貼在玻璃上，直勾勾地盯著她瞧，害她嚇了一跳，隨手就賞這傢伙一個巴掌——啪！（沒禮貌!!!）

頓時，阿喵的尾巴豎起了驚嘆！就連那原先一臉臭屁的狗兒，也被嚇得往後一縮，不敢輕舉妄動了。喔哦，他可不想再嚐一次苦頭啊！

渾身發毛的阿喵，恍惚聽到了自己的目光被折斷的聲音，卻在還來不及反應之前，就猝然陷入一片盲目之中了——哇咧，這下麻煩可大了！他完全不敢相信自己剛才究竟是被什麼東西給吸引住，甚至懷疑起自己是不是看到了什麼不該看的，才會這樣一愣一愣，連怎麼遭到暗算的都搞不清楚。他就這樣動彈不得了好一會兒，終於忍不住悄悄豎起耳朵、探出鬍鬚，確認四周沒有任何異樣的聲響和波動之後，才敢把僵硬的尾巴鬆懈下來，暗暗地吁了一口氣，呼……

噢，不會吧？咪咪完全不可置信地瞧著自己每天抓扒修磨悉心保養的爪子，竟這樣啪的一聲就折斷了一根，不禁心疼起來。她越看越心疼，越看越心疼，突然之間，彷彿有人配音似地又啪的一聲，她的眼裡倏忽劃過一道火花，似乎有了什麼頓悟。只見她緩緩抬起陰黯的面容，一邊冷冷地瞅著對面的傢伙，一邊用力拍撣著尾巴，要他給個交代……

然而，正當阿喵舒展眉頭之際，卻在一片亮晃晃之中，赫然發現自己的目光並非折斷，而是被那玻璃上的掌印給揪住了。他嚇得趕緊把眼皮眨了又眨，眼珠轉了又轉，花了好大一番功夫，才總算讓自己的目光從那玻璃上的掌印掙脫。誰想到，在他的視線都還來不及著落的時候，玻璃後卻有個冷冷的身影偏又把他的目光給擄了過去，但他的目光才輕觸了一下那身影，卻彷彿被燙著一般又急忙縮了回來，可反彈到玻璃上的掌印時，又被摑了回去……阿喵的目光就這樣很無辜地被盪過來，又盪過去，時而是那模糊的掌印、清晰的身影，時而是那掌印清晰、身影模糊。最後，他不得不很用力地把自己渙散的眼瞳擠成一道窄窄的縫，才能讓那掌印恰好捧住那身影——這會兒，他才發現眼前的身影好像已經著了火、冒了煙。

咪咪無奈地望著眼前的對象，也不知是因為隔著一層玻璃的緣故還是怎樣？這無賴不但對自己的無禮完全不以為意，還不斷對她擠眉弄眼使著曖昧的眼色。這可真是氣得她渾身都著了火、冒了煙，甚至有那麼一剎那，她的視線為了要穿越自己眼中漫起的那一片濃嗆迷離，還被眼底忍不住泛出的一汪淚水打滑了一下，連帶心裡也有什麼東西悄悄地震了一震，差點就被這壞胚子給糾纏了過去。

正當阿喵感到自己被對方的熊熊怒火燒得心頭燎烈，燻得渾身焦黑，慌得幾乎就要一頭撞到玻璃上的掌印之際，卻又意外從那濃嗆迷離的眼眸之中，逮到了幾滴羞羞答答、朦朦朧朧，閃閃爍爍的水花，心中油然生起一股渴慕，讓他更捨不得將目光移開了。

咪咪這下可真是說不出的又急又氣、又羞又惱，但卻也找不出個方法可以給這壞蛋一點顏色瞧瞧，與其繼續跟他這樣糾纏不清、僵持不下，那還不如索性就別過頭去，揚起自己的尾巴，高舉自己的矜持，裝作若無其事地走開吧——哼！

阿喵愣愣地望著那掌印突然放開了咪咪，心裡倒有些悃悃的，不知不覺間，他已經把面頰貼在那掌印上磨蹭了起來……本來，這樣偶然的邂逅，如果只是在心上悄悄地滑過，不留痕跡也就罷了，可偏偏玻璃上這一層淺淺的、薄薄的，越看越像是花瓣一般的掌印，竟怎麼也磨蹭不掉。阿喵這才驚覺，原來心裡有某個部分，不知早在什麼時候就已經被對方悄悄擄走了。

也不知究竟走了多久，咪咪才想到要鬆懈尾巴，把那撐得好累的矜持給放下。然而，她卻完全想不起自己原先是要走去哪兒了？大概是因為平白折損了一根心愛的爪子的緣故，害得她突然感到一陣失落，老覺得自己好像欠了什麼，已經不再完美了！所以才會這樣渾身彆扭，心不在焉，無所適從的。趁著四下無人，她悄悄把自己的爪子檢視一遍，卻發現自己的掌上，似乎還黏著那個壞蛋的目光。她試著甩了一甩，但怎麼也甩不掉那種似乎有些什麼想放開，又有些什麼想抓住的感覺。那麼，就把這些說不上是多喜歡，又算不上是很討厭的感覺留在身上吧？可是這樣，似乎卻又不能彌補自己原來失去的那一部分。

哪兒也去不了的阿喵，這下突然覺得自己好像困在什麼框框裡，只能一面望著玻璃上的掌印，一面在門口的踏墊上繞著圈圈，尋覓著那說不出究竟是曾經擁有過，還是曾經失去過的什麼東西——阿喵的舉動，就連那隻肥嘟嘟的狗兒都覺得超不尋常，還是離他遠點暫時別去招惹得好，雖然他吃飽喝足好想回到自己的踏墊上睡覺喔！

咪咪只好再把自己的掌翻來覆去瞧了又瞧（除了折斷一根爪子之外，好像也沒啥不同？）偶爾也用舌頭偷偷去舔舐一下（好像有點酸，又有點甜，真是說不出的滋味！）偶爾也用這掌抹抹自己的面頰（好像有點刺，又有點癢，真是說不出的體驗！）也不知怎麼的，她竟對這份陌生的感覺，有些依戀不捨了起來（真是麻煩死了！）彷彿，是身上平白少了些什麼，卻也不是真的覺得有那麼可惜的。又彷彿，是身上平白多了些什麼，卻也不是真的覺得是那麼不想要的。彷彿，彷彿，彷彿……彷彿只是生命裡偶然的一個短暫的遲疑，再回過神來時，卻已經不是原來的道路了（好吧，或許迷路也算是個可以說服自己回頭的好理由吧？）

就像一片偶然飄過窗前的落葉，降落在那偶然伸出的掌中；阿喵偶然地回頭一瞥，眼眸裡偶然地倒映出咪咪的身影。他趕緊湊上前去，心中激起的波動，霎時全都掩不住地在眼中盪漾了起來，而那落入眼中的美麗倒影，他是怎麼也不肯輕易放過了。

咪咪看著自己一度消失的美麗，又從阿喵的眼波裡浮起，再矜持的尾巴，也被盪漾得柔軟了。第一次，她發現竟有這樣一雙眼眸，可以這樣清澈坦白且固執地映出自己的美麗——她終於不再掙扎，甘心把自己的美麗，停泊在他的眼波裡了。

或許，時間對他們而言，早已擱淺在彼此的視線之外了，以至於他們倆，竟可以這樣沒完沒了地耽溺在那眼波的流轉中，甚至，完全忘了那隻一直被晾在一旁，早已呵欠連連的狗兒。就在咪咪美麗的倒影，被阿喵含情脈脈的眼波盪漾得越來越暈眩，幾乎就要淹沒在永恆裡的時候，偏偏那隻等著要回到踏墊上睡覺的狗兒終於看不下去了，索性就鼓起勇氣，腆著自己肥嘟嘟的肚子蹦上前來，不但一下子就堵住了他們倆流轉的眼波，還汪汪汪地抱怨他們倆未免也太超過，實在是把專屬於他的位置給霸占得太久了!!!

咪咪倏然抖一抖身子，霎時抖掉了一身柔情氾濫的眼波。雖然，她的腦袋裡還有些漣漪旋繞不去；雖然，她的腳底下還有些重心搖晃不已；雖然，她一時之間都忘了自己為什麼會站在這裡？但看那狗兒這般鬼吼鬼叫，好像她多麼巴望著他的位置似的，她只好甩一甩尾巴，算了吧！

這下，阿喵可傻眼了，怎麼剛剛還盪漾在自己眼波裡的身影，轉瞬間竟像浮在水面上落葉一般漂走了？只剩那玻璃上的掌印，就這樣無可奈何地在他面前攤開著，什麼也握不住，什麼也抓不著，那可真是說不出的失落——這輩子，他從來也不曾被誰這樣認真看待過啊！

說不出有多失落的阿喵，猛然轉頭望去，他萬萬想不到這向來被大家踩在腳下且甚少發表意見的狗兒，居然為了要捍衛自己的位置，膽敢如此理直氣壯地放肆起來，害得有夠傻眼的他，突然之間感到自己待在貓樂園裡反倒顯得有些多餘了。他自認一向待這勤搖尾巴處處讓步的狗兒不薄，甚至還把他當成同一國的呢！沒想到這傢伙竟會背叛他。但他並不想去理會這個叛徒，他堅持也要賴在門口的踏墊上，守望著玻璃上那專屬於他的掌印。生平第一次，他恍恍惚惚地感覺到自己到底是要什麼、不要什麼了！

而一向都清楚自己要什麼又不要什麼的咪咪，這時卻在大街上失魂落魄地晃盪著……她晃來盪去，盪去晃來，怎麼一回神，差點又晃盪到了貓樂園？她索性就穿越馬路，閃過小黑小白，繞到了花店，剛好可以藉著那些繽紛的花色，掩飾一下自己的失態，也好讓那些像蝴蝶一般在腦海裡繞呀繞的念頭，可以暫時歇一歇。

阿喵在門口盼呀盼的，越盼越覺得那玻璃上的掌印，似乎對他招起手來；招呀招的，招得他心裡不由得也有些什麼東西，開始盪漾了起來；盪呀盪的，竟也把眼前這掌印，盪漾得宛如花瓣似地繽紛了起來，讓他恍然感到生命之中有了色彩，再也不是一片幽黯了……

終於，就在這一貓一狗難得同樣固執且長久地賴在踏墊上之際，貓樂園的大門總算被人開啟了——阿喵二話不說，趕緊趁著一陣腳步錯亂之中私奔而去。

甩掉了聲聲的呼喚，避開了雜沓的腳步，越過了洶湧的車潮，阿喵在陌生的大街上尋尋覓覓，沿途串起了咪咪踏出的花瓣，竟也這麼一路串呀串的就串到了花店門口。即便，有滿目的鮮花在他面前招展，他還是一眼就從那些爭奇鬥豔的花叢之中認出了咪咪，就彷彿她一直都是這樣默默地綻放在那裡等著他似的。

阿喵一旦採著了花蜜，嚐到了甜頭，哪裡還肯再回貓樂園啊？

在那些個花好月圓的夜裡，有淡淡的花香，好似薄霧一般飄散著，也有溶溶的月光，恍如蜜汁一般流淌著，更還有阿喵和咪咪的身影，在那誰也搆不著的高處，盡情地徜徉著。他們倆，整夜不嫌累地追逐、嬉戲，唱著誰也不敢領教的情歌——不是我要說，那樣的聲音，如果不是因為巴肚痛痛，大概也只有在你的尾巴被門夾到，或者被誰的腳丫子踩到，要不就是被馬路上的車輪給輾過，才會不由自主地嚎得出來吧？

總而言之，那些死去活來分不清究竟是求歡還是互嗆的聲音，就像一張交織著甜蜜與痛楚的網，纏纏綿綿，隨風撒在汪洋的深夜裡，沒完沒了地打撈著許多正在睡眠中飄浮的好夢。再加上馬路上不時會刮過一陣尖銳的煞車聲，或爆出刺耳的喇叭響，更讓不少原本早已被夜色沉澱下來的燈火，被攪得好像泡泡似的又從黑暗裡浮了出來。還有那些向來守望相助的鄰居們從窗口丟出的臭罵聲，彷彿也為這首戀曲增添了幾許喝采。而無端被臭罵砸到的小黑和小白，只能無奈地望著他們倆，搖搖頭，嘆嘆氣，什麼話也不便多說了（唉，沒救了！）

他們倆，就算是在那些激情稍稍降溫的空檔，也總是緊緊地依偎在一起。彷彿，光是癡癡地看著彼此的影子，在那月光下是如此相依為命的樣子，就覺得可以甜蜜一輩子了！

終於，那一夜，大概是所有的浪漫都被他們給揮霍光了，只剩下陰沉沉的夜色，瞞著星月，滯著花香，覆蓋著整個城市。一旦少了那花香月色，他們倆不禁都覺得自己渾身上下黏膩著一層濃重的尷尬，真是無言以對，不知所措極了。即使，整個城市的燈火，依然還像泡泡似的在黑暗裡沉浮，卻與他們無關了。

暗中，他們悄悄收回了原本袒露在彼此面前的影子。只見那相互迴避的眼瞳裡，偶然透露出幽幽冷冷的亮光，彷彿凝結著激情冷卻過後的空虛木然，又彷彿是把那密不透風的夜色，戳出了空空洞洞的缺口，誰也探不到底。

這樣濃稠滯重的尷尬，持續了好久好久……冷不防，一陣刺骨的寒風吹起，也不知是誰先開口的，反正，那些美好的未來都已經承諾得差不多了，而各自的過往又都來不及參與，就只剩下眼前的瑣碎，可以挑剔出來數落一番。誰想到，這些脫口而出的點點滴滴一旦數落起來，竟成了滂沱的大雨，嘩啦嘩啦的，一聲大過一聲，卻都不是他們原先想說的話了。

阿喵實在搞不懂，明明只是清楚明白的道理，咪咪她怎麼就是不明白呢？咪咪也實在不明白，偏偏只是簡單易懂的情感，阿喵他怎麼就是搞不懂呢？雖然，那咆哮的風聲不斷地颳著，颳得彼此的心都涼了；雖然，那狂亂的雨勢不斷地刺著，刺得彼此的心都痛了。可是，誰都停不下來。反正，誰也聽不清對方到底想要說些什麼；反正，誰也不知道自己到底正在說些什麼；反正，在他們各自濛濛的眼裡，這滿城的風風雨雨，簡直有夠無理取鬧，荒謬至極的！

突然，咪咪不想再爭辯了。她驀地起身，逞強撐起了自己的尾巴，披上了自己的風雨，踩著自己飄飄搖搖的步子，負氣而去——這輩子，她從來不曾對一個傢伙這樣好過，也從來不曾被一個傢伙……這樣地壞過。

而阿喵這傢伙，實在不忍看她把尾巴舉得那麼高，卻又擋不住風雨的模樣，也倔強地掉過頭去，猛然把自己的尾巴用力一摔，合攏了大雨的簾幕——喵的！反正，各走各的路，誰也不去理會誰眼裡的濕潤。

天已經亮了，雨還在下著……

眼看整個城市的輝煌，早已被一夜宿醉的風雨沖刷得面目慘然。越來越清醒的馬路上，積著一灘又一灘的雨水；越來越頻繁的車輛，穿梭在這胡亂交織的雨絲之中；車窗上的雨刷，來來回回擦拭著滑落的雨滴；轉動的車輪，不斷輾過路面上的積水；綻出的水花，一不小心就濺到咪咪的身上；咪咪的身旁，漾開了一汪清淺的月色——她就這樣靜靜地偎在自己的月色裡，再也不用理會誰了。

你收拾了一夜的狂歡返家。你說，你騎車回來的時候，看到了馬路旁倒臥著一隻貓咪。當那些平時很粗暴的車輛，接近那淋漓濕透的身影時，都會放慢速度怕打擾到她，而且都自動用一種迂迴的禮貌繞過她，甚至，還有些人頻頻回頭向她致意

『喵的！反正，各走各的路，
誰也不去理會誰眼裡的濕潤。』

呢。你說，你真想停下來為她做些什麼。可是，你沒有。因為，別人也沒有。甩甩頭髮，拍拍衣裳。你說，畢竟，誰都不願意見到這種事情發生的。況且，後面的車輛不斷用喇叭催促著你，所以，你也不得不跟別人一樣繼續前進。要不然，會擋到別人的路的，你說。換下衣裳，撢撢身子，你一下子就把那些沾到你身上的水花撢得一乾二淨了。反正，這種別人都會迴避的事情，總會有別人出面去收拾的，你說。

當別人收拾了咪咪的身子，當雨水沖淡了路面的月色，當大家都覺得心安理得的時候，阿喵始終怔怔地蜷縮在暗處，眼睜睜看著自己生命中那個最繽紛的部分，就這樣永遠地被擄走了，卻一整個無能為力，完完全全一點兒也插不上手……而在一旁目睹這一切的小黑和小白，又只能搖搖頭，嘆嘆氣，什麼話也不便多說了（唉，沒救了。連我都不知道該說什麼才好！）

然而，漫天亂紛紛的雨絲，淅淅瀝瀝、反反覆覆、纏纏綿綿，似乎還在訴著什麼、似乎還在織著什麼、似乎還想網住什麼……

『漫天亂紛紛的雨絲，淅淅瀝瀝、反反覆覆、纏纏綿綿，
似乎還在訴著什麼、似乎還在織著什麼、似乎還想網住什麼……』

當這些沒完沒了的雨絲，終於疲憊地停歇在燈火又開始輝煌的玻璃窗上時，那些從清朗的夜空裡滲出的點點星光，依舊濕潤，一閃一閃地，彷彿就要滴落下來似的，而靜靜悄悄晾在一旁的殘月，也好似一道無法癒合的傷口，怎麼也止不住那汩汩流淌的血色——阿喵整夜徘徊在那濕漉漉的流光裡，低著頭，垂著尾巴，狠狠踐踏著自己的影子。

當早晨的陽光，總算出面要收拾起散落一地的積水時，花店的門面，也換上了一批花瓣上還凝著點點水滴的新鮮花兒，在陽光下繽繽紛紛熱熱鬧鬧地揮霍著色彩。巷子裡的小黑小白，也在陽光下活活潑潑歡歡快快地追逐打鬧。然而，角落裡的阿喵，卻像一團陳舊且多餘的陰影，就連光線也無從著落——他就這樣靜靜地棲在自己的幽暗裡，悄悄舔舐著他那一身晾也晾不乾的回憶。

陽光是這樣的燦爛，在他的眼裡，卻是說不出的慘淡；眼看那些被折下的花兒，仍舊繼續綻放著逝去的美麗；眼看那些馬路上的積水，依稀還在流轉著昨日的光影；眼看那些挽也挽不回的流光，都被過往的車輛給輾個粉碎；而那些碎碎裂裂四下飛濺的光芒，總是一次又一次刺痛著他的眼睛。

也許，誰都阻止不了那美麗的花兒，總是專挑在初綻放的時候就被折下。也許，誰也控制不住那燦爛的光線，偏要專揀著最濕潤的部分來閃爍。然而，阿喵何必非要這樣想不開地投靠到陰影裡，一面把那花瓣上的水滴凝在眼中不放，一面又苦苦舔舐著他身上那愈是舔舐愈是濕漉的回憶呢？如果，他的心，也肯乖乖地聽從馬路上的號誌指示，那麼，他那些停也停不下來的追悔，或許就能像那急馳在馬路上的車輛一樣，可以在紅燈亮起的時候，暫時歇一歇了。

終於，就在那終日徘徊在他面前的陽光，轉身離他而去的時候，他也任憑自己毫不抵抗的就讓黑夜給抹去了。只除了偶爾，你可能會在某個不經意的時刻裡，瞧見那暗處中有一雙眼瞳，就這樣月圓月缺地掛在誰也搆不著的所在，冷冷地瞧著這塵世的悲歡流轉，聚散無常。

唉！此時此刻，我也忍不住瞇起了眼睛……看來，這陽光的火氣還真是越來越大，就連地面上的陰影，都快被逼得無路可退了。而巷子裡的阿喵和小白，也不知是在什麼時候早已經悄悄落跑了，害得我突然間都不知道該找些什麼，好來消磨眼前這一大片刺目的時光。

我一轉身，卻瞥見那隻目不轉睛，少了嘴巴，表情僵硬，始終不聲不響地窩在沙發上的臭貓咪布偶，似乎一直偷偷用著它那呆滯的眼神在監視我的一舉一動——喵的！嚇我一跳。我趕緊把目光移開，竟又發現我那寂寞的球球，仍然固執地埋伏在角落裡，彷彿也在盤算著要用什麼奸詐的手段來偷襲我。汪！這下可真是恨得我牙癢癢。我忍無可忍，一時衝動就撲上前去亂咬一通（汪！汪！汪！汪！汪！）但這愈是用力咬它就愈是挑釁地發出啾啾怪聲的混球（啾！啾！啾！啾！啾！）還真是彈性十足，無論我再怎麼抓狂地去咬、去啃、去嚼，它也還是會恢復寂寞的原狀，甚至，還會讓寂寞失控，到處亂滾呢！最後，我只好隔著一段安全距離，狠狠地臭罵它一頓（汪！汪！汪！汪！汪！汪！……）但它仍舊擺出那副無動於衷的死樣子，真是拿它一點辦法也沒有（嗷嗚……）

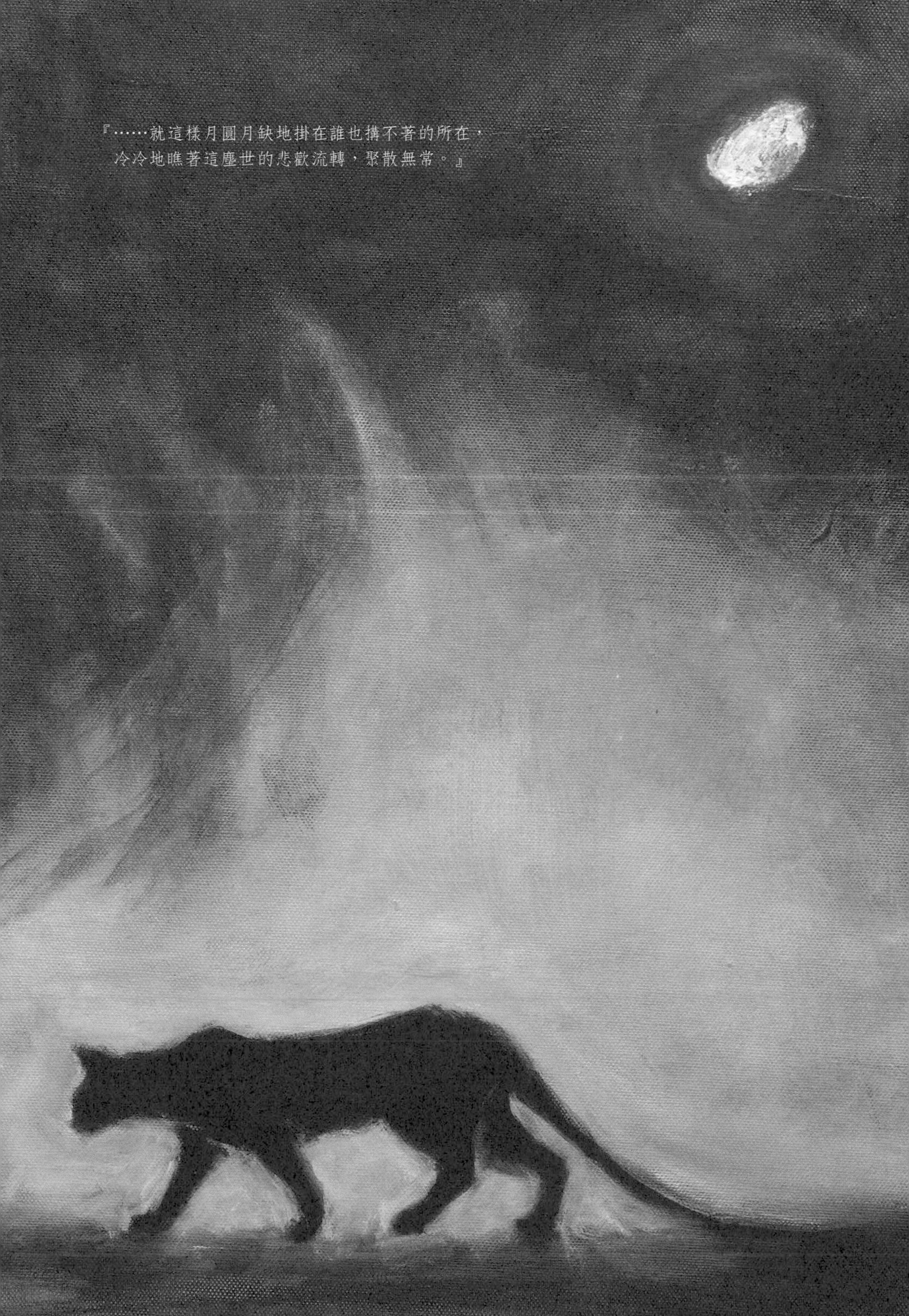
『……就這樣月圓月缺地掛在誰也搆不著的所在，
冷冷地瞧著這塵世的悲歡流轉，聚散無常。』

可惡！要是你在家的話，我就可以把它交給你對付了。每次，只要我把球球叼到你面前，你就會很不耐煩地把它給踢得遠遠的，看著你也跟我一樣痛恨寂寞，我是多麼興奮啊——不瞞你說，也許正因為如此，我才總是忍不住專挑你忙得要死的時候，一次又一次不厭其煩地把球球叼到你身邊，然後非常賣力地把它咬得啾啾亂叫……所以，反正，總而言之，除非你在場，否則，（噓……）我想我最好還是不要再去招惹我那寂寞的球球了。

既然，你不在家，也許，我可以爬到沙發上跳一跳，或者，鑽進被窩裡滾一滾，或者，躺在你換下的衣服上磨蹭磨蹭，或者——嗯，這似乎是個超讚的主意——乾脆就把我這顆胡思亂想的腦袋瓜，一頭塞進廁所那個充滿迷幻氣味的垃圾桶裡，狠狠給它嗅個痛快，然後，再叼出所有皺巴巴的衛生紙來，把包在裡頭的謎團一一拆開，好好分析一下你的肚子裡究竟是在想些什麼東西，接著，再給它全部咬個粉碎，讓這些令我心曠神怡的氣味瀰漫整個房間，正好掩蓋掉滿屋子寂寞的味道，最後，再順便探頭到抽水馬桶裡喝幾口水來解解渴，若是感覺來了，更還可以把我肚子裡的心得，偷偷記錄在某個你絕對意想不到的地方，這樣一來，等你回到

家裡的時候，就會恍然發覺我的存在了！甚至，還可能會難得的放下身段，張開雙臂跪在我的面前，用那種充滿「歐買尬」的表情，久久端詳著一臉無辜吐著舌頭搖著尾巴的我，然後，認真且激動地對我說說話呢！

耶！……我把以上所有想到的跟沒有想到的建議，統統徹底執行了一遍，眼看整個房間被我糟蹋得亂七八糟，果然覺得心頭爽快多了（尤其是見到那隻臭貓咪布偶被我踹到地上，整個屁股朝天——耶！耶！耶！我終於不必再看它裝可愛的嘴臉了——啾咪！）不過，也快把我自己給累垮了（呼！呼！）好在，我在房裡繞了老半天之後，終於挑出一個理想的好位置（當然不會是擺在牆角那個碎花圖案娘得要死的狗窩囉！）然後一邊繞著圈圈（噢，耶！）一邊用腳爪為自己抓扒出一個量身訂做的專屬區塊（吼，還挺麻煩的咧！）接著，倒頭就睡（哇嗚……酥糊！酥糊！好……酥糊！）真是舒服極了。

怎知我睡睡醒醒，醒醒睡睡，矇矇朧朧之間，恍惚聽到了電梯啟動的聲響，然後，只見你開門進來，卻也不瞧我一眼，就自顧自的收拾起東西又要出門了；我睜

著惺忪的睡眼，一時還反應不過來，直到聽見你拿起鑰匙的聲音，這才趕緊搖著尾巴朝你飛奔而去，在你腳下又是嗅又是舔的，甚至，還放膽繞著你大呼小叫起來；但你始終就是對我不理不睬，彷彿我並不存在似的；我怕你又要丟下我不管了，情急之下，索性就從你的腳邊溜了出去，一頭鑽進電梯裡；不料我左等右等，也不見你追上前來，只能眼睜睜看著電梯門就這樣轟然關上；孤零零的我，連忙扯開喉嚨向你呼救，卻得不到任何回應；我慌得無所適從，不由自主就在這密閉的框框裡加快了腳步，繞起了圈圈；誰想到，這該死的電梯卻隨著我的腳步劇烈搖晃，甚至開始旋繞起來，害得我不管如何拚命划動我的四肢，也無法移動我的身體，只能隨著這旋繞不止的電梯不斷加速往下墜落，到後來，我竟發現自己就像一團被揉皺的衛生紙，糊里糊塗地被丟進按下沖水鈕的馬桶裡，掙扎泅溺在那漩渦之中無法自拔，不斷翻滾（啊啊啊……）滾來滾去（啊啊啊啊啊……）滾個沒完（啊啊啊啊啊啊啊啊啊……）最後，也不知怎麼的，竟然就從床上滾了下來（……噢，痛！）

我慌張地抖一抖身子（靠！渾身竟是說不出的疲累和痠痛），眨一眨眼睛（吼！還是有點昏昏沉沉清醒不過來），看看大門，靜悄悄得就像一面牆似的，再

看看房裡，還是亂七八糟，似乎連一點動靜也不曾有過。我甚至又跑過去踐踏一下那隻屁股朝天的布偶，還坐在它的身上發了一會兒呆（不是故意的，純粹只是為了要再花點時間確認一下），而桌上那一缸魚兒，好像就連天塌下來也不關他們的事似的繼續悠哉地游著，我只好趕緊爬到窗台上去看看。

空落落的巷子裡，彷彿剛才有人走過，又彷彿誰也沒來過……唯一可以確定的是，依然不見阿喵和小白，而陽光，卻早已和陰影偷偷交換過位置了。

想當初，真是多虧了阿喵的離家出走，才讓那隻被叫做「賴吉」的狗兒，在貓樂園裡的地位變得如此毋庸置疑，而且無可取代。因為，這時大家才發現，原來幸福並不一定要靠對比才能強調它的價值，有時靠著自我膨脹，更能凸顯出幸福的神奇效果呢！

肥嘟嘟的賴吉，一點也不會像阿喵那樣我行我素，既不聽使喚，又不知悔改，還老是當眾挑釁著大家公認的幸福，製造出許多有的沒的的麻煩。我們賴吉他總是乖乖地趴在門口的踏墊上迎來送往，送往迎來的。就算大部分的時候，他其實都在踏墊上偽裝成貓咪呼呼睡著大覺，但只要一聽到有腳步聲靠近時，馬上就會很識相地搖著尾巴，讓開位置，給人家來任意踐踏。甚至，就連那些高貴的貓咪們吃剩的貓食，他都一點意見也沒有的統統吞進肚子裡——賴吉是如此認真地擴張幸福的輪廓，努力地增加幸福的重量，簡直就把幸福的定義詮釋得淋漓盡致了。

不過，在某些吃得過於飽足並睡得過於香甜，因而毫無防備的時刻裡，他又不免會被那種在夢裡突然一腳踏空的感覺給驚醒——在那一場曾經遠走高飛的夢裡，他的內心曾是那麼無所畏懼，他的腳步曾是那麼毫不猶疑，他曾是那麼單純地相信他的未來就在前方的道路上等著他，也許拐個彎或轉個角，反正只要走得夠遠，就一定會找到的。

可是，如果你還在路途上，你怎麼知道自己已經走了多遠？如果，你連自己已經走了多遠都不知道，你又如何確定自己現在的位置？如果，你連自己現在的位置都不確定了，你的未來又要何去何從？每一個轉角後面，都隱藏著另一個轉角，曲曲折折，好似你永遠也轉不完。每一條道路後面，都銜接著另一條道路，無窮無盡，好似你只不過是在重複著一次又一次重新出發的嘗試。那些總是徒勞無功的努力，好似你走了多遠，起點和終點就退了多遠——好在，夢終有醒來的時候，只要抖一抖肥嘟嘟的身子，甩一甩沒骨氣的尾巴，就可以把過去擺脫得一乾二淨了！

想想現在，不愁吃，不愁睡，還有個不錯的名分和地位，這不也算是一個可以說服自己就此甘心認命，從此安安分分老下去的好理由嗎？至於，那些早已冷卻冰藏的夢，其實比較適合留在吃飽撐著的時候，再當作甜點一般端出來回味回味，就算有時，難免會嚐到一些隱隱的酸楚和苦澀，但那樣酸楚苦澀的滋味，只要咂咂嘴巴嘆嘆氣，很快就會淡去的；或者有時，難免也有一些遺憾會把回憶塞得太滿太脹，但縱有滿腹的遺憾，也只要靠著一個小小的飽嗝就足以排泄掉了，一點也不會造成什麼消化不良的。

那些容易排泄卻又忍不住一再反芻的夢，總是從小時候開始的……

『還記得，小時候的夢，總是軟綿綿的，
可以跳、可以蹦、可以橫衝直撞，跌倒了也不會疼……』

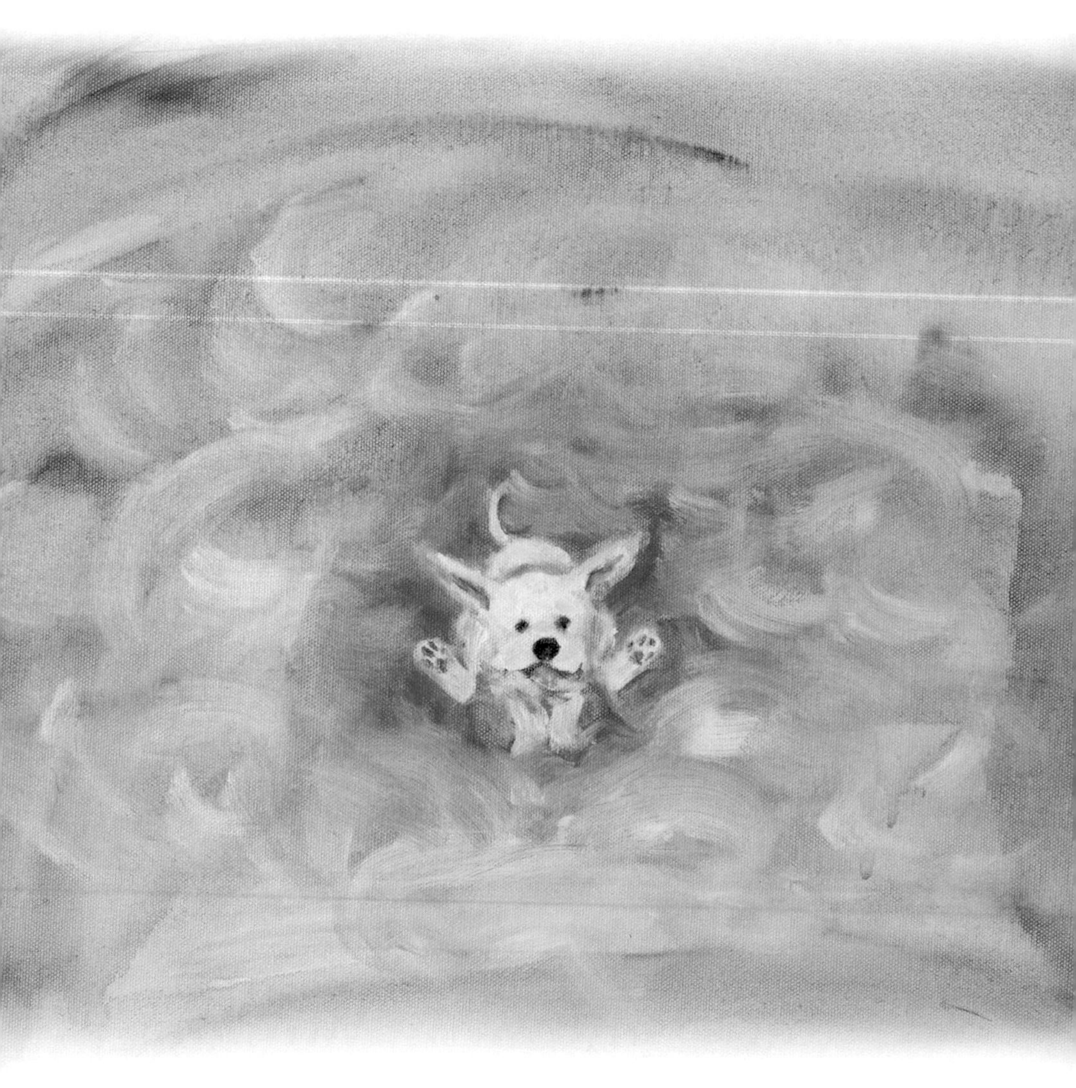

還記得，小時候的夢，總是軟綿綿的，可以跳、可以蹦、可以橫衝直撞，跌倒了也不會疼——那些總在長大以後不小心跌倒時，又會忽然回想起的夢，一旦想起，卻有說不出的心疼，心疼得都捨不得再睜開眼睛去面對這冷硬的現實了。

還記得，小時候的夢，總是輕飄飄的，可以捧在掌心裡、可以浮在半空中、可以輕輕一吹就飛得好高好遠，消散了也不可惜——那些總在消散了很久之後，又會不經意浮現的夢，一旦浮現，卻有說不出的惋惜，惋惜得都沒勇氣再去靠近碰觸這柔弱的夢想了。

那時的內心是多麼空曠遼闊，總讓他等不及想要找些什麼來填滿；那時的想像是多麼無拘無束，總讓他忍不住朝著四面八方亂衝亂闖。那時的他是多麼幼稚單純，總是無憂無慮地徜徉在自己的小小天地裡，一副不知天高地厚開開心心快快樂樂的模樣。

人家說，他那天真無邪的眼睛，好像閃爍著清晨裡的露珠，總是滴溜溜地轉呀

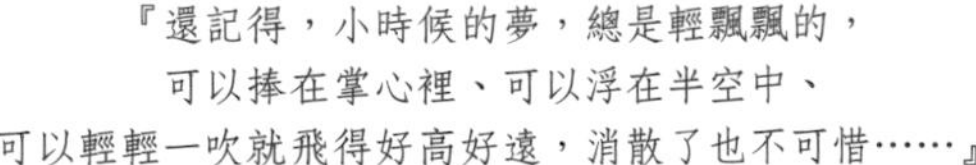

『還記得，小時候的夢，總是輕飄飄的，
可以捧在掌心裡、可以浮在半空中、
可以輕輕一吹就飛得好高好遠，消散了也不可惜……』

轉的，彷彿把所有映到眼裡的事物，都變得新鮮生動了起來；人家說，他那伸吐舌頭的嘴巴，好像掛著一抹憨憨的傻笑，總是熱切地找尋對象來追問，彷彿期待有誰可以為他解答疑惑，滿足他的無限好奇似的；人家說，他那招招搖搖的耳朵，好像一雙不聽使喚的翅膀，總在奔跑跳躍的時候胡亂搧動著，彷彿只要再加把勁，就真的可以起飛翱翔似的；人家說，他那揮來揮去的尾巴，好像一根春天裡新冒抽長的枝芽，總是興高采烈地迎著風，對著高高的天空用力招手，彷彿等不及要快快長大似的；人家說，他那白花花又毛茸茸的身子，好像一團遺落在地面上的小小雲朵，任誰見了，都要忍不住伸出手來將他一把撈起，托在半空之中輕輕地晃一晃……

反正，在小時候，人家都說他是人見人愛的。

這時候的他，只要隨便一聲呼喚，就會興奮地跑向前來，搖著友善的小尾巴，伸著熱呼呼的大舌頭，舔舐著每一雙迎面而來的手掌。然而，要是你忽略了他的存在，他那潮濕的小鼻頭，就會像一團迷你的小烏雲，在你四周鬼祟地飄移打探，這裡停一停，那裡歇一歇，稍一不留神，就悄悄降落在你光裸的手腳或臉頰脖子上，冰冰涼涼的，癢到心窩裡了。

他有專屬自己進食用的亮晶晶餐盤，睡覺用的軟綿綿小窩，遊戲用的啾啾叫玩具，還有許多可愛到不行的衣裳和配件。這個世界，在他根本都還沒搞清楚狀況之前，就已經預先為他規劃設定好了。

起初，他倒也很樂意地配合，乖乖領受著人家為他安排的一切。但是，隨著他越長越大，大到能夠踮起腳尖攀在一扇可以遠眺的窗口上時，他才發現，原來牆上這幾塊透明的框框，除了偶爾會有幾片流浪的雲朵冒出頭來向他窺探一下之外，更還有另外一大片他從來想都沒有想過的視野——那樣多采多姿的花花世界擺在眼前，他實在不甘心自己的未來就只有這樣乖乖地晾在一旁張望的份。他的心裡，不禁也冒出了一片渴望遠走高飛的小小雲朵。

雖然，他是這麼迫不及待地想要參與外面的世界，可他的四周，卻總是充塞著過多的寵愛和不可違逆的規矩，一次又一次圍堵他的方向，攔截他的去路，害得他心裡那浮躁的小雲朵哪兒也去不了，只能無奈地框在窗口，癡癡望著遠方，逆著強風打轉。

他常常抖擻著自己的身子，試圖要去甩掉那些黏膩的寵愛和僵化的規矩。有時發了狂似地橫衝直撞，打翻任何阻擋在他面前的擺設。有時扯開喉嚨大吼大叫，抒發著許多讓人非常聽不懂的心聲。甚至，他還把一肚子的委屈不滿，任性地宣洩在鞋子、襪子、沙發、床單、地毯……和許多不為人知的角落裡。

反正，一旦長大，人家都說他越來越惹人厭了。

其實，他並非有意要跟人家過不去，他只是感到那悶在心裡的小雲朵日漸膨脹了起來，壓也壓不住，挪也挪不開。他也曾努力追著自己的尾巴，試圖要去咬住那在眼前搖擺不定的什麼，可這悶在心裡的雲朵，卻還是管不住地竄來竄去，無法按捺；他也曾努力要讓自己安靜下來，默默地啃著書本、玩具、球鞋、沙發、電線、椅腳……反正身邊任何可以磨牙止癢認真投入的東西，可這悶在心裡的雲朵，卻依然騷動不安，渴望出口。似乎，無論他如何努力也沒用！好像，不管他怎麼做都不對！反正，到頭來，總逃不過被教訓一頓的下場。

委屈難過的時候，他只好鬧著彆扭，把自己藏到一個誰都觸不著也搆不到的角落裡，暗暗舔舐著那誰也無從理解的苦悶與哀愁，死也不肯出來。

總之，這年紀的他，在人家眼裡，簡直叛逆得要死，成天要不都在搞什麼破壞，要不就是在搞什麼自閉，講也講不聽，喚也喚不動，彷彿存心要跟整個世界作對似的。

既然，誰也拿他沒辦法，又實在找不出一個可以忍受他的方式，人家最後只好派出一個紙箱，前來負起包容他的責任囉！

掀開回憶掀開夢，多像掀開一個被遺忘在角落裡的舊紙箱啊——他還依稀記得，當初不也是一個紙箱框著他，把他從一個原本懵懵懂懂的夢裡，帶到另外一個全然陌生的現實之中（當紙箱被掀開的那一刻，彷彿就連時光都不敢輕舉妄動了，好像全世界都為他暫停了下來，屏息等待著小不隆咚的他，從紙箱裡半夢半醒地探出頭來，所有的目光都投注在他身上，由衷地發出了「好——可——愛——喔！」的歡呼和讚嘆。）如今，久違的紙箱又擺在面前，等著框住他去到另一個未知的所在，他想也不想就自己窩到裡頭去了——反正，怕什麼？不就是這樣傻傻地一頭鑽進去，然後讓那就算你想反抗卻也使不上力氣的什麼東西，給那麼狠狠地搖晃一下，再醒過來時，眼前就是一個全新的世界，全新的探險了。

也不知究竟經過了多久的搖晃，當他迷迷糊糊地從紙箱裡探出頭來時，眼前果然又是另外一個全新的世界了——每一條延伸向遠方的道路，似乎都是特別為他而鋪設的，等著他用自己的腳步，去丈量自己的夢想可以走得多長多遠。每一棟擋住他視線的建築，似乎也是為了要把一個驚喜藏在轉角，等著他用自己的眼睛，去發現那意想不到的美好未來——他張大了眼睛，環顧這多采多姿的花花世界；他撐開了耳朵，傾聽那熙來攘往的熱鬧聲響；他高昂起鼻頭，嗅聞著四周冒險犯難的新鮮氣味；他搖擺著尾巴，掩不住隻身闖蕩的興奮心情。即使不知何去何從，他還

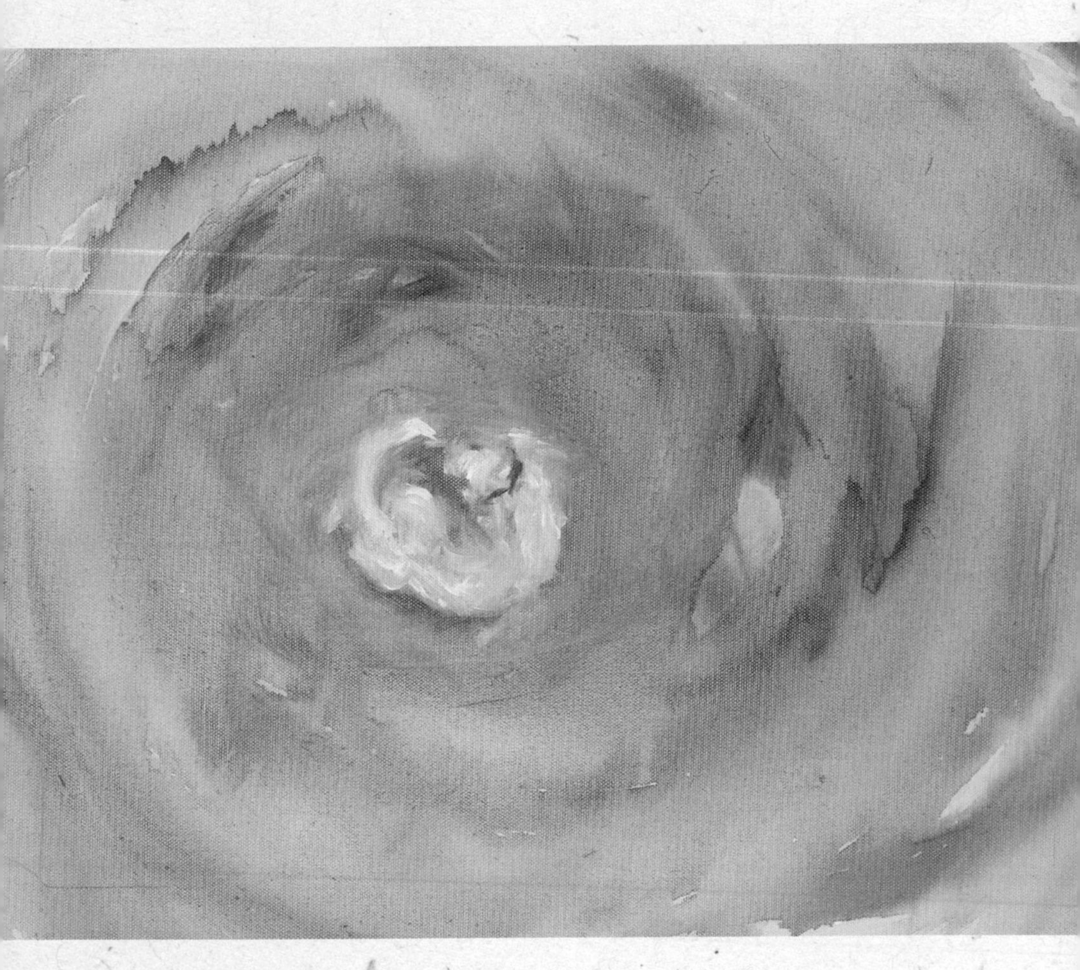

『掀開回憶掀開夢，多像掀開一個被遺忘在角落裡的舊紙箱啊……』

是躍躍欲試地朝著那未知的前方大步走去，頭也不回。

只見他大搖大擺地走在前途光明的大道上，還不時停下腳步，抬起腿來，在那些陌生的座標上盡情揮灑。

眼看每一個擦身而過的路人都對他投以好奇且友善的目光，甚至還主動上前來摸摸他的頭，拍拍他的肩，給他加油和打氣，就連穿越馬路時，來往的車輛也都紛紛停住，小心翼翼地為他讓出路來呢！他不禁把尾巴舉得更高，步伐邁得更大了。

怎知，他愈是朝著光明的大道上走去，就愈是陷入這城市的繁華之中；他愈是在這繁華的泥淖之中跋涉打滾，就愈是沉淪迷失找不到自己的方向……

一路走來，有那麼多新奇的事物在他眼前招展，教他目眩神迷；一路走來，有那麼多匆忙的腳步在他身後催逼，教他唯恐落後；一路走來，有那麼多蠻橫的車輛在他四周穿梭，教他倉皇走避；一路走來，有那麼多冷漠的眼神投刺在他身上，教

STOP

他膽怯退縮；一路走來，有那麼多巍然聳立的高樓大廈攔截著他的視線，阻擋著他的去路，一次又一次挫折著他的志氣。他常常以為自己已經被逼到了盡頭，可是一轉彎，又是無盡的重複在等著他。

總是這樣，起初高舉著尾巴，說什麼要去遠方，說什麼要去流浪，說什麼要去尋找未來要去實現夢想！可是走著走著，就不禁夾起尾巴，想回頭了。

然而，這一路的曲折，看來是再也回不去了。更糟糕的是，他已經變得又髒又臭，再沒有誰願意靠近他，摸摸他的頭，拍拍他的肩，給他一些安慰和鼓勵了。看看大街上那些來來往往的車輛和行人，全都匆匆忙忙得一點遲疑也沒有，似乎大家都清楚自己的方向，似乎大家都明白自己的未來，他不禁羨慕了起來，怎麼自己尋覓了這麼久，方向卻越來越模糊，未來也越來越遙遠，彷彿什麼也抓不著，彷彿哪裡也到不了，只能在這過往的潮流之中，一再地退縮，一再地讓步。就算，你一點也不想去招惹人家，人家還是會對你指指點點，甚至給你冠上一些奇奇怪怪的名字。

他也不知道怎麼會變成這樣的。起初，人家說他是「小白」。漸漸的，也有人開始叫他「小灰」了。接著，又有人說他其實比較像「小黃」。後來，還有人乾脆叫他「小花」。甚至，更有人說他幾乎都可以叫做「小黑」了。要不然，就是什麼「可憐的狗狗」、「誰家的髒狗」、「該死的臭狗」之類的。反正，到了最後，大家都叫他「滾」——「滾開」、「滾蛋」、「滾遠一點」……當這些躲也躲不掉的名字，狠狠地砸在他身上時，他也只能趕快夾起自己的尾巴，默默滾到一邊去了——「滾」還記得，以前人家明明都叫他「寶貝」的。

在每個無人理會的露宿街頭，在每個寂寞最深的漫漫長夜，在每個心灰意冷的夢醒時分，他總不忘把那早已涼了半截的尾巴暗暗掏出，然後非常慎重且疼惜地舔舐一遍。雖然，這曾經高舉的尾巴，如今再怎麼畏縮、再怎麼髒汙、再怎麼窩囊不堪……也不能捨棄。

想起了流浪的最初，「滾」也曾大搖大擺地走在前途光明的大道上啊！那時的道路是多麼友善地在他面前展開，彷彿他要找的未來，就在前方不遠處等著他，只要再拐個彎或轉個角，就會發現了。要是，他真的一時還找不到，那也可能只是因為他不小心錯過，或者是因為他走得還不夠遠而已。而如今，前途遙遙無期，所有的街道看起來都不懷好意，好像每個拐彎和轉角，都埋伏著一個全新的失望和危險等著偷襲他似的。

他怕了，他悔了，他覺得自己已經被這城市的繁華圍剿得走投無路了……

那一天，當他頂著一片陰霾的天空，拖著一副邋遢的身子，怯怯地朝著一條陌生的巷子拐進去時，他並不知道，自己已經踩到小黑的尾巴上了。

本來，小白倒也不介意讓個位置給這可憐的傢伙歇歇腳的，況且巷子裡若是多了一位新夥伴加入，大夥兒不也更熱鬧些？可是，小黑卻堅決反對。小黑認為，如果這隻髒兮兮、臭烘烘、瘦巴巴、烏嚕嚕……而且來路不明又行徑可疑的傢伙留下來的話，別人很可能也會叫他小黑的，那麼，兩隻小黑就會無可避免地陷入什麼身分錯亂或精神分裂或族群認同或其他種種更糟糕更嚴重更迫切的危機的……（呃，

『他怕了，他悔了，他覺得自己已經被這城市的繁華圍剿得走投無路了⋯⋯』

呃，呃，其實我也不是很懂他到底在說什麼咧？）總而言之，小黑一號堅持，在同一個地盤上，是絕對容不下兩隻黑狗兄的！

然而，小黑二號卻信誓旦旦地說，他本來是很清白的，就算他現在看起來可能有點黑，但那也只不過是因為在城市裡打滾了太久，難免會沾染到一些汙穢的緣故……（呃，呃，呃，關於這位的說詞，請容我保留立場不予置評！）在冗長的辯論過程之中，雖然小白也幾度試圖幫小黑二號說幾句好話，無奈小黑二號的身子卻隨著天色變得更黑更暗了，但他依然無法提出有力的證據來證明自己的清白。

終於，路燈亮了起來（鏘！鏘！）事實擺在眼前（甚至不需勞駕樓上的毛球出面來說句公道話），誰也不能否認（雖然路過的咪咪根本懶得理會他們），站在小白面前的兩個傢伙（不管是一號還是二號），他們的影子（判決已然揭曉），的確就是一模一樣的黑!!!

這下子，小黑二號真的無話可說了，他只好垂頭喪氣地夾起尾巴，拖著自己又

沉又重的影子，默默地告退了。

誰想到，他才蹣跚地走到巷口的花店前，又得慌慌張張閃到一旁，迴避那一波下了班，趕著要回家吃晚飯的路人。望著這些有家可歸的背影，那可真是說不出的疲憊和飢渴啊……四下環顧，恍惚茫然，他怎麼突然覺得在這花店暖洋洋的燈光映照之下，好像就連那一叢叢擺了整天笑臉的花兒，嗅起來也隱約帶著一些食物的香氣了？禁不住那氣味的召喚，他沒頭沒腦地往花叢裡鑽，竟好死不死打擾到正在花叢下用餐的咪咪。喔哦！這下，可把咪咪給惹毛了。

只見咪咪拱起了背、豎起了毛，整個身子就像一朵驟然綻放的花兒似地膨脹了起來，渾身散發出一股極其陰寒的怒氣，簡直比那花香還要馥郁濃嗆，彷彿就要把周遭的空氣全都凝凍起來似的，任誰見了，都不免會背脊發涼，四肢發抖；她還目露凶光，平貼雙耳，喉嚨裡發出斷續的低吼警告，更極力扯開嘴角，露出她那尖銳而細小的牙齒，口中且不時吐散著哈……哈……哈……的氣聲，彷彿是在召喚著隱藏在花叢間什麼邪惡的東西似的，任誰聽了，都不禁要頭皮發麻，心裡發毛……

可偏偏，我們這隻狗兒卻還渾然不識好歹，不但對著怒氣沖沖的咪咪熱切地搖起尾巴來，更擺出了笑臉，伸出了舌頭，流下了口水，甚至還步步進逼，膽敢靠近她的大餐。氣炸的咪咪實在忍無可忍，只好狠狠甩他一個巴掌，把他從花叢裡給轟了出來。

誰都料想不到，在這車輛疾駛的馬路上，竟會突然滾出一隻哀哀叫的狗兒，眼看那直撲而來的車輛就要將他給輾斃，現場的目擊者全都不由得身子一縮，張大了嘴巴，閉上了眼睛，接著只聽到一陣無比尖銳的煞車聲刮過耳際——霎時，彷彿就連時光都不敢輕舉妄動了！而他，彷彿也在瞬間瑟縮得好小好小。小不隆咚的他，怯怯地睜開眼皮，刺目的光線就像紙箱被掀開似地透了進來，讓他感到一陣半夢半醒不知身在何處？四周一陣驚呼，所有的目光都投注在他身上（還好，似乎就連車輛的輪胎都不想碰到他那又髒又臭的身子），他錯覺自己又回到了那個才剛從紙箱裡探出頭來的時刻，好像全世界都為他暫停了下來，屏息等待著他起身，跨出那解除暫停的第一步——他被這突如其來的禮遇給愣在路中間，要不是那一直照著他的車燈實在太刺眼，要不是那不斷響起的喇叭聲實在太刺耳，他差點就想這樣賴在馬路上不走了。

怎知，他才重新抖擻起身子，站穩了腳步，舉起了尾巴，一步一腳印地走到馬路對面那邊，原先那些紛紛為他讓出路來的車輛，全都等不及似的從他身後紛紛呼嘯而過，捲起的陣陣寒意，在他背後陣陣催逼，害得他不禁打了一個寒顫，又把尾巴給夾起來了。

走在這霓虹閃爍的街頭，街燈是那樣的燦亮，而他卻是這樣的黯淡。眼看路旁每個燈火正輝煌的櫥窗，都框著各種美好且安全的想像，他卻只能這樣在一旁夾著尾巴，悽悽惶惶地從一扇窗口流浪到另一扇窗口，他不由得又想起了那個紙箱，那個只要一頭鑽進去，迷迷糊糊地睡上一覺，一覺醒來的時候，就會發現自己已經到了另外一個世界的小框框。他現在多希望也能夠隨隨便便就找一個框框把自己給框住，然後就此固定下來，舒舒服服安安穩穩地在框框裡過完這輩子，再也不用去煩惱如何填飽肚子，再也不用去擔心何處落腳歇息，再也不用去思考未來要怎麼走下去了……

也不知是餓昏了還是怎樣，他竟然異想天開，隨便就找了一個看來幸福又美滿的櫥窗，然後很認真地在窗前逗留徘徊，試圖讓那框框裡投射出來的光線，可以把他的身子整個給框住。可是，當他回頭看到自己又沉又重的影子時，卻赫然發現無論他如何在窗前躑躅流連，甚至翻來覆去無所不用其極地想把這影子擱在光線面前，那光線都會不為所動地排拒著他的影子——不會吧，難道這些公開在櫥窗裡的幸福，背地裡根本就不願接納他的黯淡？

經過幾番徒勞的嘗試之後，他終於甘願罷休，識相地走開了。然而，滿街燦亮的燈光，依舊提醒著他，自己有多麼黯淡，他只好一路遮遮掩掩地穿越那些明亮的窗口，繼續自己黯淡的路程。

不料，就在且奔且走之間，他的腳下突然一陣踉蹌，差點跌了一跤！低頭一看，倒不知是從哪家窗口裡灑出的光線，竟如此糾纏不清地絆住了他的腳步？他忍不住轉頭朝那光源望去，沒想到，就這麼一回首，心頭猛然揪了一下，他竟怔在原地再也無法脫身了——那盪漾在櫥窗裡的流光，倒映出的，不正是他童年的光景嗎？

彷彿，這長久以來的流浪，其實都只是當初他在小時候的一時負氣，偷偷溜出了家門，經歷過一場跌跌撞撞嚐盡苦頭的遊戲之後，如今玩累了，拖著傷痕累累的身子要回家吃晚飯，可是到了門口，卻怕挨罵，遲遲不敢跨進家門，只好躲在窗外探頭探腦地張望。

當初不屑一顧的飼料，如今又香噴噴地堆在餐盤裡，等著他去享用；當初百般嫌棄的小窩，如今又軟綿綿地擱在角落裡，等著他來安歇；當初使性咬壞的玩具，如今又完好如初地擺在他的面前，等著他……他忍不住朝著回憶多靠近一點，可是，隔著一層冷冷冰冰的玻璃，就像隔著一層無法穿透的時光，一碰觸，鼻頭就是一陣悲涼酸楚——他只能眼睜睜望著那些回憶無動於衷地留在當初，而自己，卻在一次又一次試圖迎面頂撞時光時，被這一層即使看透了，卻怎麼也穿不透的玻璃，斷然擋拒在如今。

看著如今這一身狼狽不堪的自己，他是多麼羨慕那些被框在櫥窗裡的貓咪們啊！就像當初他小時候一樣，可以那麼理所當然地把這殘酷的世界隔絕在外，可以那麼無憂無慮地在自己的小小天地裡玩耍作樂，就算累了，倦了，也還可以在框框裡隨便找個位置躺下，呼呼大睡，作個好夢一場。至於，那些現實裡的種種艱難困頓，自然會有人家願意出面替你收拾的。

不過，在櫥窗的一角，卻還有一隻傻呼呼的小貓咪，也不管人家怎麼看他，正自顧自的把一場誰也無從插手的遊戲玩得認真——昨日依稀，他不也曾這樣埋頭追著自己的尾巴打轉？怎麼現在，停住了打轉，停住了時間，探出頭來，四顧茫然，竟怎麼也想不起自己為何會站在這裡了？

他只好又把目光緊緊地攀附在眼前這隻打轉的小貓咪身上，任由這原本不曾相識，卻又彷彿相違已久的小傢伙，追著自己的尾巴，把那往事一遍一遍地旋繞著——到底那是多久以前的事？那事到底是多久的以前？那以前到底是多久的事？那到底多久的事是以前？那以前的事到底是多久？那事的以前多久是到底……那流轉的時光，讓他好暈眩……到頭來，他一腳踏空，竟這麼跌進了時光的縫隙裡。

也不知究竟是在那時光的縫隙裡，掙扎抽搐了多久——那一段似乎怎麼也走不完的路程，那一場彷彿永遠也醒不來的夢境——這無止盡的跋涉與沉淪，讓他覺得好累好累——他不再嚮往遠方了，他不再相信未來了——當他幾乎就要放棄掙扎，停止抽搐之際，卻又隱隱感到背後有著什麼東西始終磨蹭著他，害他癢得要死，但又擺脫不掉。於是，他用盡了最後的力氣翻身一搏，沒想到，又是一腳踏空，就這麼猝然驚醒在現實裡了。

他疲憊地眨眨眼睛，瞟瞟目珠，沒有風？沒有雨？沒有那冷冽刺骨會讓身子遽然一縮的目光？舉目四望，只見周遭瀰漫著一片朦朧曖昧的光暈，一時也分不清自己究竟是抵達了終點，還是又回到了起點？

他只好把目光悄悄沉澱下來，細細體會著那昏昏黃黃沒有陰影的光暈，就這樣暖呼呼、輕柔柔地覆蓋在自己的身上——這種在漆黑的深夜裡，有人為你留一盞燈的感覺；這種放心卸下所有防備，敞開四肢，全身輕飄飄軟綿綿的感覺；這種風雨不侵，舒舒服服，安安穩穩地窩在被窩裡的感覺，不就是那最單純、最確切、最真實的幸福嗎？

然而，也不知為什麼？說不上來，他總覺得好像有什麼地方不對勁……彷彿，在這冥冥之中，看不見的角落裡，始終埋伏著許多不懷好意的冷眼，無時無刻不在暗暗監視著他……他甚至還隱隱約約聽到了一些詭異的聲響，彷彿懸浮在四周的空氣中，又彷彿是來自非常遙遠的時空裡，此起彼落，咕嚕咕嚕地傳到他的耳畔，縈繞不去……他不禁懷疑起，在這樣幸福洋溢的光暈之下，似乎卻有一抹不祥的暗影，還在他的身旁陰魂不散地糾纏著他……漸漸地，他明顯感到一陣咕嚕咕嚕的聲響好像離他越來越近了……咕嚕咕嚕（越來越近）……咕嚕咕嚕（越來越近）……咕嚕咕嚕咕嚕咕嚕——猛一回頭，他嚇了一跳，怎麼幸福的光暈竟缺了一角？

——還好，再仔細一看，原來只是一隻比他小了一號，卻和他一樣又黑又瘦且來歷可疑的貓咪，正幽幽地繞著他的身子打量著他，甚且還有意無意地磨蹭他一下呢！——呼！這下子，他終於可以安心了，想不到這裡竟還有一位失散多年的好兄弟啊！

『也不知是哪個天才想出來的好主意，竟在他光溜溜的背上保留了一撮毛，
既可以為他的過往留下一些紀念，
同時又可以用來宣告他的新名字和新身分……』

經過一段時間的調養和徹底的清洗之後，他變得煥然一新了！在一大票幸福又美滿的貓咪們和阿喵的見證之下，誰也沒料到這隻原本髒兮兮的臭狗，居然一點也不黑，甚至，渾身上下還黏附著白花花的雲絮呢！可惜，那些糾結的雲絮，就像他的往事一般不堪梳理，只能全部剃掉。然而，也不知是哪個天才想出來的好主意，竟在他光溜溜的背上保留了一撮毛，既可以為他的過往留下一些紀念，同時又可以用來宣告他的新名字和新身分——那一撮毛的形狀，跟你球鞋上的商標彷彿是同一個圖案，可惜仿冒得不是很完美，倒像是在他的身上草率地打了一個勾，僅僅只是為了證明他可以留下來了。

無論如何，他總算又找到了一個固定的名字和位置——只要在幸福的框框裡勤搖尾巴，處處讓步，千萬別去冒犯那些身價高貴的貓咪們的地盤，或是擋到那我行我素的阿喵的去路——「賴吉」從此有得吃，有得睡，還有了一條套在脖子上的全新項圈（是有經過認證的哦！）最重要的是，他更有了一塊專屬的踏墊，不但讓他長久以來的流浪終於有了踏實的著落，還可以順便用來踐踏自己過去的夢想，不必再費心去尋找什麼未來不未來了。

所以，賴吉才會這麼努力地擴張自己的體積，增加自己的重量，好讓自己的身子，可以穩穩當當地碇泊在門口的踏墊上。畢竟，這樣終究是比較安全的，就算吃飽太閒，又把舊夢拿出來回味的時候，也不怕自己的心會像雲朵一樣，又飄浮起來了。

窗外，依然還有許多不聽話的雲朵，悠悠緩緩地飄浮在那遼闊的天空裡，無拘無束，自由自在，即使偶然投影在哪扇亮麗的窗口，也不多作逗留，似乎，就連那些再怎麼宣稱幸福的框框，也框它不住。

而那午後陽光的火候剛好，都把雲朵烘焙得鬆綿酥軟，看起來好像很美味的樣子，越看覺得肚子越餓了，好想咬一口喔！可是我的餐盤裡，這些看起來花花綠綠的飼料，啃起來卻是乾巴巴的，實在難以下嚥。也許，我們都是一樣，沒有誰能夠真正稱心如意的，你總得靠著一些你不願意接受的東西來餵飽自己吧？但我實在覺得，這些號稱經過什麼世界各地專家強力推薦，或者什麼營養權威依據最理想的均衡比例調配而成的飼料，味道真是爛透了。汪！不是我要說，這些有著什麼精美包裝、繽紛色彩、奇怪造型的顆粒，只要你嚐過，就很難不懷疑那些專家和權威，是不是真的消化得了他們自己調配出來的東西。看來，大概只有地板上這一群沒有主見的螞蟻，才會樂意乖乖排隊撿食吧？可惜，他們再怎麼賣力，也搬不完我的寂寞。

我默默地叼起一顆寂寞，卻驚擾了這一夥呼朋引伴開著同樂會的螞蟻，一時之間，我的渾身上下似乎都爬滿了寂寞的碎屑，抖也抖不掉，甩也甩不開，彷彿那些寂寞，全都鑽進了我的骨子裡。然而，我除了繼續安安分分地把這些不但讓我頭皮發麻，又很難嚐出究竟有什麼了不起內涵的疙瘩嗑下去之外，還有什麼辦法？只是，我實在搞不懂，為什麼你老是相信那些專家權威，卻不願相信我的品味，也許這些被大家一致認定為營養豐富絕對不容置疑的飼料，反而會在暗中戕害我的身心呢！想想小黑小白，他們從來不屑吃什麼專家權威的配方，不也頭好壯壯活蹦亂跳的？

搞不好，正因為小黑小白成天一副游手好閒又不怕會餓死的逍遙模樣，才讓那

『……無拘無束，自由自在，
即使偶然投影在哪扇亮麗的窗口，也不多作逗留，
似乎，就連那些再怎麼宣稱幸福的框框，
也框它不住。』

些為了生活終日忙碌奔波，而一副愁眉苦臉的人們看了無法忍受，所以總是恨不得可以讓他們馬上就從視線之中消失；也說不定，碰巧只是某個慣常於昂首闊步四處踐踏的傢伙，偶然停下了腳步，一低頭，卻發現自己高貴的鞋子正踩在一坨黏糊糊的排泄物上，臉上不禁就洩漏出嫌惡的表情，即使，馬上就有一票人搶著幫他把鞋底擦得乾乾淨淨，但無可避免的，要不了多久，整個城市的面容還是悄悄地被那皺起的眉頭給牽動了。

我記得那是個天氣很好的上午，藍天很藍，白雲很白，涼風習習的，在你去上班之後，很適合我跳到沙發或床上睡個回籠覺。原先，只聽到小黑小白又在樓下大呼小叫的和誰發生激烈爭執，可是等我起身，跳下床來，再爬上窗台，探出頭去，除了風鈴聲響，已經不見他們的蹤影了，冷冷清清的巷子裡，只剩下幾片翻飛的紙屑和淡漠的陽光還遺留在現場。我張望了好一陣子，但見牆頭隱約閃過一抹幽幽的暗影，卻不見樓上的毛球出面來說句話，而那藍藍的天空中，白白的雲朵似乎也在悄悄地走避著。

到了傍晚，才見到小白的脖子戴著嶄新的項圈，臉上掛著得意的表情，腳下踩著輕快的步伐，一副趴哩趴哩的樣子出現在巷口。

然而，他才一踏進這原本熟悉的巷子裡，卻好像迷了路似地慌了手腳；只見他四下亂竄，這裡嗅一嗅，那裡聞一聞，整條巷子的各個角落，都被他來來回回地翻遍了，就是尋不到那再熟悉也不過的氣味。

他回想起那一刻，當他和小黑發現苗頭不對，連忙就夾著各自的尾巴，倉皇撤退到巷口；想不到，馬路上的號誌，卻在這時突然轉變了；更想不到的是，他們竟然會不自覺地選擇了不同的方向——即使在他們頻頻回頭時，各自遲疑的目光也有過那麼一瞬不期然的相遇，但，跨出的腳步已經收不回來了，所以，他們又很迅速地迴避了彼此尷尬的眼神，然後各自硬著頭皮，朝著各自選擇的路線繼續衝刺下去——他們只好說服自己相信，這只不過又是一場捉迷藏的遊戲，反正各自暫且繞一段路，就算躲得再遠，等到遊戲結束，終究還是要回到巷子裡來會合的。

我們只知道，小白那時很狗屎地穿越過車陣，跑到馬路對面那邊去了，在經過貓樂園的時候，多虧踏墊上的賴吉用熱烈的呼喊歡迎他，才讓他逮到機會進去避避風頭，敘敘舊，同時也接受一頓盛情難卻的招待。雖然，他就這樣笨笨地任由人家擺布，甚至從一個地方被帶到另一個地方又被帶了回來，整個糊里糊塗地挨了好大一番折騰，最後卻也意想不到領得了一條經過認證的項圈。此後，他可以大搖大擺地在大街上晃盪，再也不必擔心有誰會來找他麻煩了！可是，小黑呢？

誰想到，小黑竟然賴皮了。捉迷藏的遊戲明明早已結束，小黑卻沒有回到巷子裡來和小白會合。

日子一天一天的過去了，小黑依然音訊全無，不知去向。

小白牢牢守候著巷子，就像是為小黑看管著一根珍貴的骨頭似的，也許等到小黑發覺肚子裡有些空虛在迴盪的時候，一低頭，就會想到他的朋友還在心中為他保留著一個位置；小白頻頻逡巡著巷子，就像是故意踩踏在小黑的尾巴上似的，也許

等到小黑發現背後有些什麼在隱隱作痛的時候，一回首，就會想起他的朋友始終都還留在原地牽掛著他。

一陣偶然路過的風，隱約飄散的氣味，擦身而過的背影，不經意投來的目光……都會讓他忍不住回頭，懷疑起自己是否錯過了什麼似曾相識的訊息或暗示。可是，怎麼每一次驀然轉身，那一陣熟悉的感覺就倏忽消失了？

總是這樣，非要在那頻頻地徬徨瞻顧之後，小白才會發覺，小黑真的已經不在身邊了。

然而，每當小白在陽光下落寞低徊的時候，又會瞥見自己的腳下還黏附著一片甩也甩不掉的回憶。雖然，那片帶著小黑色澤的回憶是這樣歷歷在目，卻怎麼也抓不著，又咬不到。就算他閉上了眼睛，試圖讓自己終日消沉在那覆著陰影的睡夢之中，卻依然會有過往的歡鬧闖進他的夢裡來糾纏，更別提如今可以在巷子裡任意來去的腳步聲，有多像那被踩碎的骨頭在喀喀作響了！

他們不是說好，要一起把骨頭挺住，千萬不要像別人那樣，隨隨便便就垂下自己的尾巴輕易認輸的？他們不是說好，要一起把巷子守住，千萬不要像別人那樣，隨隨便便就讓自己的骨頭被人家任意踐踏的？他們不是說好，就算這世界是如此不可理喻，也要站在同一邊，挺著骨頭，翹起尾巴，大聲吶喊的？

是不是，那些曾經說好的約定，一旦在那誰也料想不到的時刻裡，被那誰也閃躲不過的潮流給沖走了，淹沒了，就再也不算數了？

他們不也曾趁著夜深，流連在街頭狂歡鬧事，甚至一同去到那陌生的暗巷找尋刺激冒險，即使大家都警告他們千萬不要接近任何違禁的事物，但他們就是忍不住好奇，想去探究一下那些在他們的年紀不被允許碰觸的禁忌和真相；他們不也曾趁著老邁的小花睡午覺時，偷偷跑到那一板一眼變換顏色的紅綠燈下，抬起腿來在燈桿上恣意揮灑塗鴉，即使這世界總是要求你的一舉一動都要乖乖地遵守既定的規則，但只要逮到機會，他們就是忍不住想去冒犯一下那些高高在上指示你應該這樣、應該那樣的號誌；他們不也曾趁著大清早，在大家都還清醒不過來的時候，就把當日剛出爐的報紙搶先咀嚼一遍，即使沒有人願意理會他們的意見，但他們就是忍不住要對這翻來覆去卻也擺脫不了一再重複內容的世界大聲咆哮一番！

風裡雨裡，烈日灼身，避開了大馬路上那些輪不到他們參與的車潮，他們不也曾在自己的地盤上痛痛快快地稱霸過——雖然，僅僅只是在巷子附近打轉，就算跑也跑不遠，就算跳也跳不高，但他們不總是很認真地在那陽光底下奮力追逐，試圖從每個渾渾噩噩的日子之中，抓住一些在眼前隱隱約約晃動著的什麼？也總是不輕易放過每個匆匆忙忙的腳步，試圖從那些迎面而來的潮流之中，攔住一點在身邊恍恍惚惚流逝著的什麼？

那時，也不管這世界如何變化，只要有小黑站在身邊，小白就覺得自己可以理直氣壯地翹著尾巴，盡情吶喊，風風雨雨打在身上也不痛了；那時，也不知哪來那麼多用不完的熱情，只要有小黑衝在前頭，小白就覺得自己變得勇敢起來，大步狂奔，烈日當頭也不在乎了。有時候，他們根本不會去想到什麼後果，甚至連大馬路上的號誌也不當一回事，反正沒在怕的啦！只要一咬牙，豁出去，就越過了那些一板一眼的規則，就算是一向都不把他們放在眼裡的車輛，也要為他們讓路呢！

而今，小白就像大家一樣，見到風雨來了，總是避得遠遠的。就算偶然被那烈日閃過的光影激起了想要追上前去的衝動，可回頭找不到小黑來吆喝，也只好把那抬起的步子，給收回來了。

可那時啊那時！……那時，不正因為有小黑這樣的朋友，曾領著小白把夢想毫不遮掩地曝曬在陽光下，陪他去瘋，陪他去野，陪他盡情去放縱，陪他跨出那敢夢敢追敢衝敢闖的腳步的啊？

也許，那時的內心太過輕狂；也許，那時的行徑太過荒唐；也許，在這樣平平凡凡的一生裡，他也只有在那一段青春歲月曾經覺得自己不平凡過。

說走就走……怎麼那些就算是在風裡雨裡，也會有烈日灼身感覺的天真熱情，一旦走失，就再也找不回來了？

也或許，青春的離去，從來都是這樣不告而別的？然而，在那些青春正燦爛的日子裡，狂熱的陽光，曾把他們在夢中認真追逐的身影投下濃濃烈烈的輪廓，如今，少了小黑那樣可以相依相隨的濃烈身影，小白也只能在這白茫茫的陽光裡，漸漸地淡漠了。

天曉得，小白和阿喵怎麼會混在一起的？大概總是這樣吧：過往的道路上，有的偶然和你擦身而過，想多看一眼都來不及；也有的碰巧與你共等一個紅燈，可是一旦變換了號誌，大夥兒就依著各自的速度離去了；還有的，曾經陪你一段長長的路程，你們本來都以為可以永遠這樣結伴走下去的，誰知一轉彎，就再也不相逢了；更有的，也不知是怎麼回事，莫名其妙卻從轉角冒出來，然後彼此就撞在一起分不開了。

說不定，是小白覺得自己這一生已經熱鬧過了，所以並不介意未來，就這樣伴著一抹幽暗安安分分地淡漠下去，就算身邊少了許多歡快也無所謂了？也說不定，是阿喵認定自己這一生再不會有什麼繽紛的色彩了，所以也不在乎往後的日子裡，

『在那些青春正燦爛的日子裡，
狂熱的陽光，曾把他們在夢中認真追逐的身影投下濃濃烈烈的輪廓……』

多一份平平淡淡的蒼白？

反正，在某個號誌閃爍、腳步遲疑，也不知是誰先又不經意地發出一聲嘆息的剎那，他們原本各自飄忽的目光，一轉頭瞥見腳下兩片各自那麼憂傷、各自那麼失落的投影偶然交錯在陽光底下時，卻像兩個重逢的老友搭著彼此的肩，或給對方一個輕輕柔柔的抱抱，「放手吧！我們不要再傷心了好不好？」那些各自黯然的輪廓，竟可以如此相知相憐，而且相惜地混在一塊兒，他們也就決定將就一下，相互默認了。

至少，在這樣既擁擠又疏離的城市中，在這樣既不起眼又不可靠的角落裡，他們倆飄來盪去找不到依恃且荒涼已久的心，多少有個著落，風雨中可以相互取暖，烈日下可以彼此掩護，就算是在那些陰霾得連低下頭都找不到自己影子的時候，身旁還有個伴，也不至於顯得太悵然若失了……

風吹微微，當一群嘰嘰喳喳的麻雀，啣著一些淡淡的暮色灑進巷子裡時，天邊的晚霞，也跟著開始熱鬧了起來。想到了你最近對我的態度，卻比冬夜裡的浴室磁磚地板還要冰冷，我的心情，就像那些垂頭喪氣的路燈一樣，只能默默站在一旁，看著天邊的晚霞繼續熱鬧，遲遲亮不起來。

想當初（噓，就是我小時候啦！）你也曾那樣百般溫柔地逗著我，哄著我，寵著我，甚至將你心中最最深藏的祕密全都告訴我，也不必擔心我會洩漏出去（想不聽都不行，即使我睏得要死！）還硬是將我攬抱在懷裡，要我陪著你睡（啊，那時你多愛我，多黏我啊！）而今，一切都變了樣。我也不曾嫌棄你那經常從外頭帶回來的壞情緒，我也不曾嫌棄你那偶爾會對我發作的壞脾氣，我也不曾嫌棄你那一向肆無忌憚暴露在我面前的壞習慣，我也不曾嫌棄你的髒襪子、臭腳丫、大響屁……我總是輕易就忘掉你對我的不好，我總是好喜歡你來抱抱我或摸摸我一下也好，我總是這樣在你腳下跟前跟後死心塌地繞著你轉呀轉的，你卻老是嫌我礙著你，要我滾開——我多像那顆寂寞的球球，沾滿了口水、塵埃，和傷痕，在你無聊透頂的時候，被你把玩一下，你不想玩了，就把我踢到一邊涼快——當我們同在一起，你從來也沒發現，我的目光總是牢牢地拴在你的一舉一動之上，只要你隨便給我一

個眼神，或一個手勢，或一聲呼喚，我便會奮不顧身地向你飛奔而去，用一種絕不轉彎的熱情!!!

當一陣匆匆的腳步湧進巷子裡，那一群嘰嘰喳喳的麻雀也匆匆地散了，倒是馬路上那些原本疏離的車輛，卻在這濃濃的暮色裡親密地靠攏了起來。而阿喵，也不知究竟是從哪個幽暗的角落裡冒了出來，只見他在夕陽底下翹起了屁股，拱起了背，慵慵地伸著懶腰，把影子越拉越長了。隨後，小白也很有默契地踱到餘暉裡，把身子撓了又撓，抖了又抖，不知不覺之間，竟也把一身油膩膩的陽光給抖掉了。

阿喵揮一揮尾巴，驅散了天邊的雲彩。小白張大了嘴巴，打一個長長的呵欠，一陣晚風吹了起來，霎時撼動了你懸在窗口的這一串風鈴，我似乎聽到門外的電梯也被喚醒了，心跳到一半，突然卡住，差點就從窗台上跌了下來。

我連滾帶爬地衝到門邊，壓抑著興奮，屏氣凝神，讓電梯把我那顆已經忘了要跳動的心，陡然降到最底層，再緩緩吊回不上不下的半空中……經過一陣有夠猶豫不決，簡直漫長得要命的沉默之後，從電梯裡傾倒出來的聲響，卻又是別人家的熱鬧了——就在我那顆懸在半空中的心就要墜落之前，但隱隱聽到樓上的毛球也把鼻子湊到門縫底下，發出了一聲長長的嘆息……

唉……有時候，我也會懷疑你是不是不要我了？可是，怎麼每次只要你把我抱在懷裡時，我又會很確信我的心，不可能會再投靠誰了！

總是這樣，你非得要等我的心被提起又摔落無數次之後，才會甘願打開門來，然後用很誇張的動作抱著我，叫著「寶貝」、「寶貝」、「寶貝」……對我猛親一陣，猛甩幾圈，然後，在我都還來不及從幸福的暈眩中恢復之前，就草草結束了這一場久別重逢，無論我再如何賣力搖動我的小尾巴，發動我那蓄積一日的熱情繞著你團團轉，你還是視而不見，任憑我把尾巴搖得要死，上氣不接下氣地吐著舌頭，在你的腳下跌跌撞撞，翻身打滾。

也許，即使我再怎麼努力取悅你，也只能勉強占到你人生邊邊上的一小小部分，或許是你聊天時可以跟別人分享的有趣話題，或搞笑經驗，或一段回憶裡的溫馨小插曲，但我這一生的全部，似乎也就只能繼續這樣全心全意且別無選擇地繞著你打轉下去，不管你在別人眼中是美麗或醜陋，是貧窮或富有，一旦認定，就終身不悔改了——真是超扯！我對你的愛，從頭到尾根本就不是相對，而是絕對的，就算全世界都背棄你了，我還是會默默靠在你的身邊陪伴你，就算你已經不愛我了，我還是會呆呆地愛你！

像往常一樣，我趴在窗台上，準備收拾起這漫漫長日。雖然，路燈都已經亮了，天光卻還遲遲不肯暗下來。眼看你掛在窗口的這一串風鈴，此時一點動靜也沒有，而你親手栽的這幾盆植物，也顯得更加萎靡頹喪了。我回頭看著亂糟糟的房裡，卻有種說不出的蒼茫茫、冷清清、空蕩蕩、暗悄悄在蔓延著，但我終究還是忍不住又跑到門口去嗅一嗅。而那隻趺在地板上的貓咪布偶，仍舊屁股朝天，一聲不響（我在經過時又去踩了它一腳——好吧，我承認，這次是故意的）。而那顆滾到角落裡的球球依然沾著口水、塵埃和傷痕（我還是一點也不想去咬它）。而那些在透明框框裡繞了一整天的魚兒，早就已經停歇下來了。而我，卻還得繼續這樣在

『而那些在透明框框裡繞了一整天的魚兒，早就已經停歇下來了。
而我，卻還得繼續這樣在窗口和門縫之間來回奔波。
而你，你究竟是要到什麼時候才甘願回來呢？』

窗口和門縫之間來回奔波。而你，你究竟是要到什麼時候才甘願回來呢？

也許終有一天，當你拖著疲憊的身子回家，一打開門，仍一如往常地脫口大聲叫喚著我的名字，卻不見我在門口吐著舌頭、搖著尾巴、轉著圈圈，興奮熱情地歡呼迎接你，這才恍然驚覺我早已不在了——也許那時，你會發現家裡突然變得好安靜、好乾淨，也好荒涼；也許那時，你會好不習慣少了我在你的腳下，跟前跟後地糾纏煩擾著你；也許那時，你會在某個躺在沙發上看著無聊電視的空檔，不經意地垂下手來摸摸探探，卻等不到一顆毛茸茸的腦袋瓜和身子，或熱呼呼的舌頭和冰涼涼的鼻子自動湊上前來，然後莫名感到一陣失落；也許那時，你會在某個盯著電腦或閱讀書刊的幽微片刻，不自覺地低頭看看腳邊，或回頭朝著房裡的某個角落搜尋我的身影；也許那時，你會暗暗地唏嘘幾回，或者忍不住一陣鼻酸，就嘩啦嘩啦地掉下了眼淚，然後哭哭啼啼地後悔你曾對我不好；也許那時，你會終於不得不承認，在這充滿人類，複雜難懂，一不小心就讓自己受傷的世上，再也找不出有誰會像我這樣，始終單純沒心機地對待你，不但總是奮不顧身地回應你的每一次呼喚，還從不棄你不顧獨自出門去快活，而且不管時間有多晚，不管天氣有多冷，一定笨

『在這充滿人類，複雜難懂，一不小心就讓自己受傷的世上，
再也找不出有誰會像我這樣，始終單純沒心機地對待你……』

得可以又頑固到不行地待在門口癡癡盼著你，甘願終其一生不虛偽、不欺瞞、不變心、不背叛地傻傻信任你、依著你、賴著你、守候著你……也許，在那一天來臨之前，你會及早醒悟，好好懺悔？也許。

當城市紛紛亮起的燈火，終於逼退了漸漸暗下的天光，當你打算繼續流連在這霓虹璀璨、櫥窗絢麗的夜晚裡的時候，會不會不經意地抬起頭來望一望，然後發現，其實，並不是所有的窗口都是這樣繽紛熱鬧的，原來，也還有許多黯淡的窗口，默默地瑟縮在這燈火正輝煌的城市裡的，然後……也許……也許你會想起那個還被圍困在寂寞之中的我？

嗷嗚！嗚嗚嗚……

（喵嗚……）

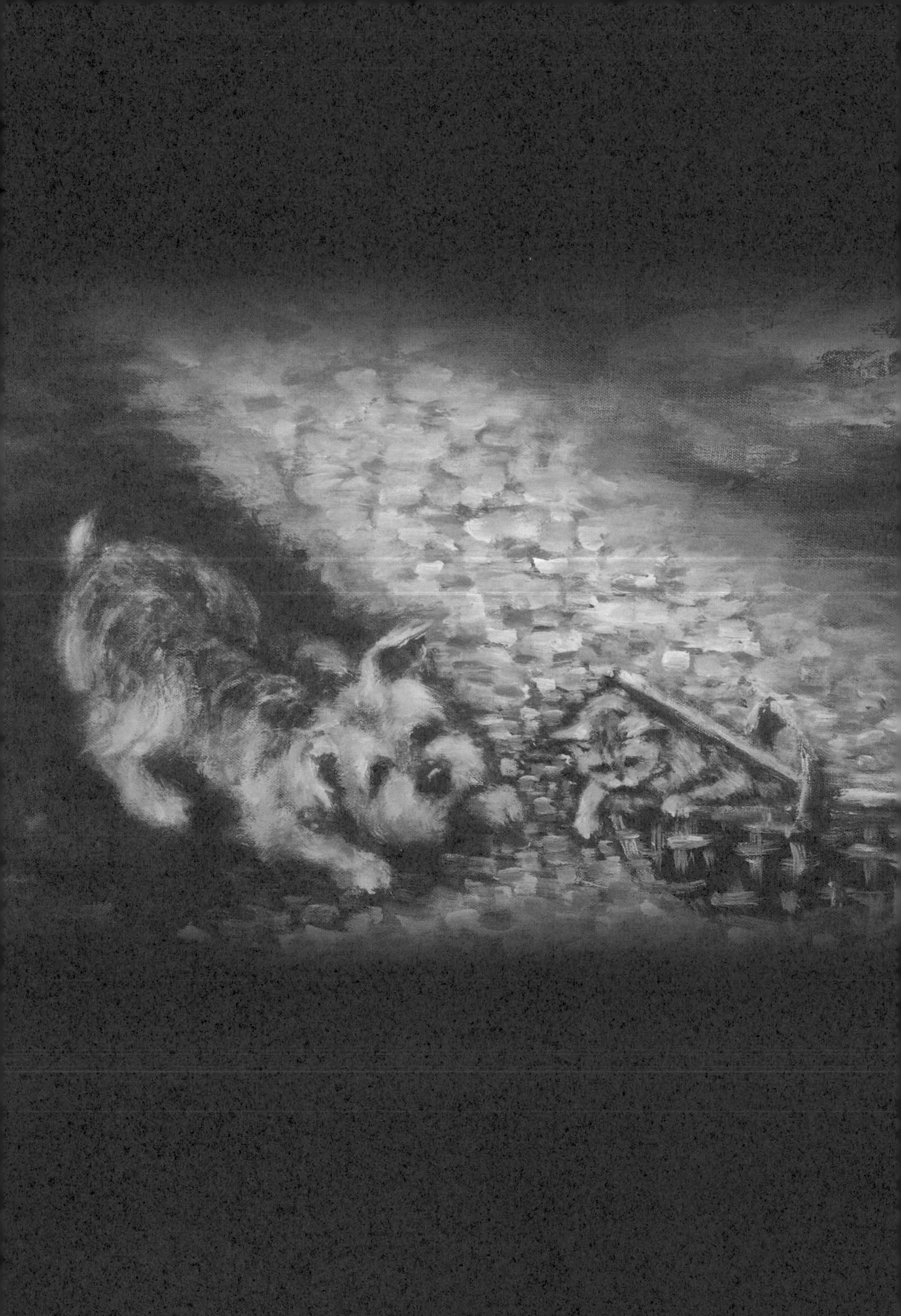

虛　構 020

日安，寶貝　文／圖：**亞瑟潘**｜

出版者：愛米粒出版有限公司｜地址：台北市10445中山北路二段26巷2號2樓｜編輯部專線：（02）25622159｜傳眞：（02）25818761｜【如果您對本書或本出版公司有任何意見，歡迎來電】｜總編輯：莊靜君｜編輯：黃毓瑩｜企劃：林圃君｜美術設計：王志峯｜校對：鄭秋燕｜印刷：上好印刷股份有限公司｜電話：（04）23150280｜初版：二〇一四年（民103）十月一日｜定價：350元｜總經銷：知己圖書股份有限公司｜郵政劃撥：15060393｜（台北公司）台北市106辛亥路一段30號9樓｜電話：（02）23672044／23672047｜傳眞：（02）23635741｜（台中公司）台中市407工業30路1號｜電話：（04）23595819｜傳眞：（04）23595493｜國際書碼：978-986-90946-0-3｜CIP：857.7／103015188｜

愛米粒出版有限公司，成立於2012年8月15日。出版理念：「因為閱讀，我們放膽作夢，恣意飛翔。」2013年5月開始出版新書，預計一年24本書，不設限地引進世界各國的作品，分為「虛構」和「非虛構」兩系列。在看書成了非必要奢侈品，文學小說式微的年代，愛米粒堅持出版好看的故事，讓世界多一點想像力，多一點希望；出版來自美國、英國、加拿大、澳洲、法國、義大利、

墨西哥和日本等國作品。